JEAN-PHILIPPE TOUSSAINT

L'ÉCHIQUIER

LES ÉDITIONS DE MINUIT

L'ÉDITION ORIGINALE DE CET OUVRAGE A ÉTÉ TIRÉE À SOIXANTE-QUINZE EXEMPLAIRES SUR VERGÉ DES PAPETERIES SCHLEIPEN NUMÉROTÉS DE 1 À 75 PLUS NEUF EXEMPLAIRES HORS COMMERCE NUMÉROTÉS DE H.-C. I À H.-C. IX

7, rue Bernard-Palissy, Paris VIe

1

J'attendais la vieillesse, j'ai eu le confinement.

2

Il arrive, parfois, dans la vie, que le temps du monde, le temps de l'histoire — le temps des guerres et des pandémies — entre en résonance avec le temps intime de nos vies personnelles. C'est ce qui m'est arrivé au printemps 2020. Ce qui est advenu alors, pendant ce premier confinement qui a engourdi le monde, c'est une collision inattendue, une coïncidence imprévisible entre deux moments de ma vie que rien n'aurait dû rapprocher.

3

Un jour, pendant le confinement, je suis repassé devant l'école de la rue Américaine où j'allais quand j'étais enfant. Les rues de Bruxelles étaient désertes, on apercevait très peu de voitures dans le quartier. Arrivé devant le bâtiment en briques rouges de mon ancienne école, j'ai poussé la porte et j'ai jeté un coup d'œil dans le hall d'entrée. Je reconnaissais à peine les lieux, seule l'odeur m'a transporté fugitivement en arrière dans le temps, tout le reste me demeurait étranger. Derrière une succession de portes vitrées et de couloirs, je devinais un arrière-plan indifférencié de fenêtres en hauteur et de salles de classe. Une cour de récréation, un préau désert. Je ne suis pas entré dans l'école, je suis resté sur le pas de la porte. Je me tenais là, immobile au seuil de ce grand hall dallé de noir et de blanc, et ce qui apparut alors devant moi dans la lumière éblouissante du soleil de ce matin de mars, dans une sorte de réverbération visuelle issue des profondeurs du temps, comme lorsqu'on aperçoit, dans un mirage, des formes très lointaines qui se mettent à onduler sous la chaleur, c'est le carrelage en damier noir et blanc de ce grand hall d'entrée tel qu'il devait être au milieu des années 1960, souvent mouillé de pluie, avec des traînées de boue et des traces humides de pas et de cartables à moitié effacées. Je regardais ce vieux carrelage noir et blanc aujourd'hui sec et poussiéreux sur lequel se reflétaient et s'entremêlaient des ombres en mouvement, lentes et paresseuses, venant des branches des marronniers de la cour de récréation ou de plus loin encore, des abysses du passé, et je me suis alors rendu compte — jamais cela ne m'avait frappé auparavant — que le sol du hall d'entrée de mon ancienne école avait des allures d'échiquier.

4

J'étais là, immobile, devant l'échiquier de ma mémoire — et j'y resterai tout au long de ces pages, c'est le présent de ce livre, c'est son présent infini.

5

Dans *La Vie mode d'emploi*, Georges Perec applique un principe dérivé d'un vieux problème bien connu des amateurs d'échecs : la polygraphie du Cavalier. Il s'agit d'un problème mathématico-logique, appelé aussi algorithme du Cavalier, fondé sur la marche du Cavalier aux échecs, qui consiste à faire parcourir au Cavalier les soixante-quatre cases de l'échiquier sans jamais s'arrêter plus d'une fois sur la même case. Je ne viserai pas ici une telle exhaustivité autobiographique. Non. Tout au plus me contenterai-je de promener négligemment mon Cavalier de case en case au gré de mes souvenirs, en tâchant de redonner vie à quelques fragiles silhouettes furtives et émouvantes qui ont traversé ma vie.

6

Le phare, symbolique, du quartier de mon enfance, c'est l'immeuble du 2, rue Jules Lejeune, à Bruxelles, qui se dresse à l'angle de la place Charles Graux et domine de sa hauteur la rue Washington. C'est un immeuble de pierre grise et de briques rouges qu'on aperçoit de loin, et je ne manque jamais, quand je repasse aujourd'hui dans le quartier, de jeter un regard à la fenêtre du quatrième étage. Je regarde cette fenêtre, et j'ai parfois l'impression de deviner l'enfant que j'étais derrière la vitre. Oui, je me revois là en pyjama en train de guetter le retour de mes parents qui ne rentraient pas. Mes premiers souvenirs d'inquiétude datent de cette époque — et, si le souvenir est si vif, c'est que c'est sans doute là, à sept ans, que j'ai imaginé pour la première fois la mort de mes parents.

7

Rue Jules Lejeune, rue Washington, place Leemans, je pourrais établir la carte de la géographie privée de mon enfance, où quelques lieux apparaîtraient comme autant d'abris rassurants, la Plaine de jeux Renier Chalon, mon école de la rue Américaine, le super GB du voisinage qui a fini par changer de nom pour des raisons de restructurations commerciales qui m'échappent et m'indiffèrent, le « petit Espagnol » de la chaussée de Waterloo, où mes parents nous emmenaient parfois dîner ma sœur et moi. Au cœur de cet univers stable et rassurant de l'enfance trônait la chambre de la rue Jules Lejeune que j'occupais avec ma sœur. Je me souviens des environnements fictifs qu'on y construisait avec Anne-Do, de nos cabanes imaginaires, des noms qu'on s'inventait pour agrémenter nos chimères. Moi, j'étais Michel, en hommage au héros éponyme de la Bibliothèque verte, *Michel mène l'enquête*, *Michel en plongée*, *Michel poursuit des ombres*. Michel ! Au-delà de cette topographie stable autour du havre de paix de la rue Jules Lejeune, un monde inconnu s'étendait, immense et indifférencié, où ne surnageaient que quelques rares îlots familiers, Sars-Dames-Avelines, Ostende, Le Coq, où nous passions les vacances avec nos grands-parents, et qui, dans la perception enfantine que nous avions alors du monde, nous paraissaient à des distances transatlantiques de Bruxelles.

8

Nous sommes en septembre 1963, quelques semaines seulement après ma première rentrée scolaire à l'école de la rue Américaine. Au panthéon familier et réconfortant de mes parents et de mes grands-parents, vient de s'ajouter un nouveau personnage bienveillant, l'instituteur, M. Massoul. Assis derrière nos pupitres dans une de ces salles de classe des années 1960 agrémentée d'un tableau noir et de cartes de géographie aux couleurs que le souvenir délave, nous apprenons à écrire, nous traçons, avec un porte-plume, des rangées de lettres d'une écriture arrondie, appliquée. Silence dans la salle de classe, crissements des plumes métalliques sur le papier blanc légèrement pelucheux des cahiers d'écolier. L'instituteur nous donne un devoir pour le lendemain, des lignes de lettres à tracer. De retour à la maison, je fais mes devoirs dans ma chambre de la rue Jules Lejeune. Appliqué, je trace des lignes de lettres dans mon cahier d'écolier, des lignes de « a », des lignes de « b », des lignes de « c ». Tita, ma grand-mère maternelle, est à la maison ce jour-là. Elle boit une tasse de thé et me regarde tracer mes lettres avec attendrissement derrière sa voilette — pressent-elle déjà l'écrivain que j'allais devenir ? —, et soudain je fais une tache d'encre sur la feuille. Blop. Un pâté. Ma poitrine se contracte, je suis sans force, le monde vient de s'écrouler autour de moi. C'est la première catastrophe absolue à laquelle je suis confronté dans ma vie professionnelle. Je ne sais comment réagir. Je suis un petit garçon de six ans (même pas six ans, cinq ans et demi à la rentrée scolaire 1963), et je suis effondré. Tita prend les choses en main, cela ne lui paraît pas aussi dramatique qu'à moi, aussi irrémédiable, cette tache dans mon cahier d'écolier. Avec une gomme, elle essaie de faire disparaître la tache. Rien n'y fait, l'encre ne part pas avec cette qualité particulière de gomme dont elle se sert, qui ne réussit qu'à affaiblir encore un peu plus le papier, à le froisser davantage, à le fragiliser, à le mettre en danger. J'observe, d'un regard anxieux, le déroulement des opérations. Je suis au bord des larmes. Il faut employer les grands moyens. Une lame de rasoir, dit Tita. Une lame de rasoir ? Branle-bas de combat dans l'appartement, on cherche une lame de rasoir, on va de pièce en pièce, on ouvre les tiroirs, Tita finit par dénicher une lame de rasoir dans la salle de bain. Elle m'assure que je vais être sauvé, que tout va s'arranger, que je devrais pouvoir éviter la prison. Tita s'assied devant mon cahier d'écolier, elle se prépare pour l'intervention, elle relève les manches de son cardigan, elle éprouve la lame de rasoir sur le buvard du bureau, elle sort un coin de langue entre ses lèvres pour affûter sa concentration. Avec précaution, elle se met à gratter, prudemment, l'encre dans mon cahier, à le râper avec le tranchant de la lame. La tache s'étiole, s'amincit, s'amoindrit — et soudain la lame perce le papier. Il y a un trou dans mon cahier ! Au drame s'ajoute le drame, à la catastrophe se greffe la catastrophe, c'est le *sur-accident* selon le vocabulaire consacré. Un trou, béant, cerné de minuscules résidus crénelés d'encre bleue, en plein milieu de la page de mon cahier d'écolier. C'en est fini pour moi, je m'effondre sur le bureau, je sanglote, en appui sur mon bras. C'est l'exil, le bannissement assuré. Je ne sais plus comment l'histoire s'est terminée (sans doute Tita a-t-elle écrit un mot à l'instituteur pour lui expliquer l'incident). Mais cet épisode traumatique de mon enfance révèle un trait de mon caractère qui m'aura empoisonné toute la vie, la quête épuisante de la perfection, qui, ce jour-là, s'est manifestée avec d'autant plus d'intensité que j'en ignorais la cause, que j'en subissais les souffrances sans en connaître l'origine.

9

J'ai un autre souvenir de la même eau. C'est quelques années plus tard, j'ai maintenant une dizaine d'années, et nous faisons une dictée. Je m'applique. M. Massoul, notre instituteur, passe entre les rangées, jette un coup d'œil sur les cahiers. Parfois, il s'arrête auprès d'un camarade et lui indique un mot ou une phrase du doigt pour signaler la présence d'une faute. La dictée se poursuit. L'instituteur s'arrête à côté de moi, regarde par-dessus mon épaule et me dit avec bienveillance qu'il y a une faute, mais il ne me dit pas où, dans quelle phrase, dans quelle partie du texte. Il me dit juste : « Il y a une faute » — et c'est comme s'il venait de placer une épée de Damoclès au-dessus de ma tête. Je cherche, mais je ne trouve pas la faute, je sens le contact acéré du fer de la pointe de l'épée au-dessus de ma tête, implacable, insoutenable. La dictée se termine. L'instituteur commence à ramasser les copies, et je n'ai toujours pas trouvé la faute. Je sens la pression croissante de la pointe de l'épée sur mon crâne. Quand il arrive à ma hauteur, il veut prendre ma feuille, mais je la retiens, je ne veux pas la lâcher. C'est impossible à imaginer, c'est inenvisageable pour moi de rendre une copie dans laquelle je sais pertinemment qu'il y a une faute. Si je lâche cette feuille, comment espérer faire une dictée sans faute ? C'est ni plus ni moins la perspective de la perfection qui s'éloigne (heureux temps où la perfection pouvait se réduire à une simple dictée sans faute).

10

Dans les premiers jours de janvier 2020, je me suis installé à Ostende pour relire mon roman *Les Émotions.* Je suis arrivé en mauvais état à Ostende. J'avais super mal aux jambes. J'étais chargé, très grosse valise, mallette bleue qui contenait mon manuscrit, sac à dos de piscine avec maillot de bain, claquettes en plastique, bonnet de chez Speedo, gel douche à l'*aloe vera.* Moi, quoi, tel que le cuir des années a fini par me façonner. En descendant du train, j'ai pris un taxi, je n'avais pas le courage de rejoindre l'appartement à pied avec mon barda. Je suis allé prendre les clés à l'agence Lecomte et je me suis éloigné sur la digue en traînant ma valise à roulettes derrière moi. Dès que je suis entré dans le hall au rez-de-chaussée de l'immeuble Splendid, j'ai retrouvé cette odeur familière d'Ostende, où se mêlent le grand air, le vent, l'iode et le sable mouillé. En sortant de l'ascenseur, au septième étage, j'ai introduit la clé dans la serrure et je suis entré dans l'appartement désert et silencieux. Le soleil entrait dans la grande pièce où j'écris, il y entrait somptueusement.

Je me suis installé. J'ai fait le lit dans la chambre, j'ai vidé ma valise. J'ai posé le manuscrit des *Émotions* en évidence sur la grande table du salon. Puis, je suis ressorti faire quelques courses. En fin d'après-midi, je me sentais toujours aussi rouillé. Je me suis déchaussé et je me suis allongé sur le dos dans la pièce, au pied de la table où j'écris. Le jour était tombé. J'ai fait, très précautionneusement, quelques mouvements de gymnastique, étendu de tout mon long sur la moquette. Je faisais des étirements prudents, les bras fléchis derrière la tête, en expirant à fond. Intérieurement, je sentais que l'exercice me faisait du bien, je commençais à me détendre, mais l'écrivain que je suis ne pouvait s'empêcher de m'observer de l'extérieur et de se moquer de moi avec déloyauté. Le mal aux jambes ne m'a pas quitté de la journée. Je me disais vaguement que cela avait peut-être quelque chose de rhumatismal, voire d'arthritique (ah, il est beau, l'auteur de ces lignes).

11

Aussi loin que je me souvienne, bonne-maman, ma grand-mère paternelle, a toujours eu mal aux jambes. Dans les années 1960, bonne-maman nous accueillait, ma sœur et moi, au Coq, au mois d'août. Tous les après-midi, elle nous conduisait à la plage, d'abord dans nos poussettes respectives, puis, dès que nous fûmes en âge de marcher, nous la suivions à pied en trottinant derrière elle avec des glaces à l'italienne, crémeuses et torsadées, dans des cornets. Bonne-maman, la tête haute, la mine fière, sûre de son bon droit (que personne ne contestait, d'ailleurs), ouvrait la marche d'un pas déterminé sur les trottoirs du Coq de son allure offensée, emportant avec elle, dans des sacs accrochés aux poignées de la poussette, tout notre attirail de plage, un fourniment de pelles, de seaux, ballons, fleurs en papier (bonne-maman faisait de magnifiques fleurs en papier, certaines pouvant atteindre la coquette somme de huit poignées de coquillages), et, bien sûr, le thermos (car nous avions droit à une boisson chaude en sortant de l'eau, qu'elle nous servait en nous frictionnant le dos, tandis que nous claquions des dents sur la plage sous les grands ciels gris venteux de la mer du Nord). Bonne-maman devait avoir à l'époque à peu près l'âge que j'ai maintenant, même un peu plus jeune (l'âge vient un jour où on devient plus vieux que ses grands-parents), et elle ne cessait de se plaindre de ses jambes, sans manquer de faire état des facultés spécifiques que ce handicap lui conférait, car, à l'entendre, elle était capable de « sentir » à ses jambes que le temps allait changer (ses jambes étaient en quelque sorte son baromètre, et l'intensité de sa douleur les degrés de l'échelle qu'escaladait la grenouille qu'elle abritait en son sein dans le sanctuaire de ses cuisses). C'est toujours avec des allures de conspiratrice et quelque chose d'à la fois professoral et de secrètement autosatisfait qu'elle nous faisait ces sombres révélations. J'ai d'ailleurs hérité moi-même de cette faculté d'anticiper les changements météorologiques en me fiant simplement à mes jambes. Un peu de souplesse suffit pour porter attention à ses jambes, comme l'Indien qui colle son oreille contre les rails pour évaluer à quelle distance se trouve le train. J'ajouterais, pour ne rien taire de mes misères, qu'à ce mal de jambes chronique, s'ajoutait, en ce début d'année 2020, une douleur spécifique au genou droit, dont l'articulation, était, je le crains, mais je ne voudrais pas dramatiser la situation dès l'entame de ce livre, enflammée. La vieillesse, la belle affaire ! Dans son merveilleux petit *Fellini par Fellini*, un livre d'entretiens réalisés avec un journaliste florentin, Fellini explique : « Eh oui, j'ai soixante-quatre ans. Je me le répète souvent, afin de m'en persuader, après quoi je reste là comme à l'écoute, l'oreille plongée au fond de moi, pour percevoir ce qui a changé, ce qui s'est rouillé, ce qui est cabossé, en somme ce qu'éprouve et ce que pense quelqu'un qui a soixante-quatre ans. »

Bref, c'est tel, les jambes lourdes, bancal et décati, la hanche endolorie et le genou fragile, que j'entreprends l'écriture de ce livre. Mais, gare — celui qui écrit, c'est le jeune homme perpétuel que je suis.

12

Je n'avais aucune expérience de ce que pouvait être une crise sanitaire de grande ampleur. La première vision concrète de ce à quoi cela pouvait ressembler, je m'en suis fait une idée — encore très vague, lointaine — en voyant sur Arte un documentaire d'un journaliste français confiné à Pékin en janvier 2020. On voyait, concrètement, dans le reportage, la réalité de ce qu'était une quarantaine stricte, des points de contrôle à chaque carrefour, des barrages qui se dressaient au pied des immeubles, d'abord faits de bric et de broc, puis murés, avec des briques et du ciment, grillagés, surveillés par des vigiles de comités de quartier, des livraisons de nourriture qui se faisaient à distance, en laissant les marchandises à l'abandon au pied des barrages, des rues désertes, des transports en commun fantomatiques, et partout des silhouettes en combinaison blanche, gantées et masquées, qui prenaient la température de rares passants en pointant sur eux, visant le front ou le poignet, des thermomètres laser à poignée aux allures de scanneurs manuels ou de pistolets à eau.

Mais ce que je découvrais là pour la première fois dans ce reportage me semblait être à la limite de la réalité et du fantasme, quelque chose de familier mais qui ne pouvait avoir aucun lien, jamais, en aucun cas, avec une situation que je pourrais vivre moi-même un jour, à Paris ou à Bruxelles, dans ma réalité quotidienne. C'était comme si j'avais vu un reportage sur la peste noire au Moyen Âge, et que j'avais reconnu certains paysages familiers de Florence, des palais toscans, les rives herbeuses de l'Arno qui se perdaient dans le lointain. Je reconnaissais, certes, les rues de Pékin, des monuments, des avenues, des entrées de station de métro, des lieux qui ne m'étaient pas étrangers, mais ce qui s'y passait, les choses qui y étaient montrées, n'avaient et ne pouvaient avoir aucune connexion avec ma vie personnelle. Je ne me sentais pas concerné. Je restais à une distance infranchissable, inconcevable, irréductible, de l'événement.

La crise du coronavirus semblait encore très lointaine en ces premiers jours de mars 2020. L'Italie n'était pas encore confinée et ne le serait que le 9 mars. La France ne comptait encore que quatre morts et seulement deux cents personnes contaminées. Les rues de Bruxelles présentaient leur caractère habituel. Certes, nous avions entendu parler des gestes barrières, c'était quelque chose de connu et qui commençait même à entrer dans le vocabulaire courant, mais on était loin d'avoir intégré ces nouveaux usages dans nos pratiques quotidiennes. Éviter de se serrer la main ou garder ostensiblement ses distances relevait encore de toquades réservées à quelques paranoïaques qui se munissaient de gants de protection jetables en plastique bleu transparent pour faire leurs courses. Le monde entier n'avait pas encore succombé au *Noli me tangere* général qui allait contaminer les relations humaines dans les prochaines semaines. Mais le vent était en train de tourner, de nouveaux rites étaient en train d'émerger dans l'espace public. Ce fut le moment où, pour se saluer, le matin, sur tous les trottoirs d'Europe, ont commencé à apparaître des pratiques de substitution plus ou moins orthodoxes et les fameux gestes alternatifs, le salut avec le coude, l'inclinaison du torse à distance, la révérence ou la courbette, qu'on ne se contentait d'ailleurs pas de faire normalement, mais qu'il fallait absolument outrer, pour montrer qu'on n'était pas dupe de ces simagrées. Je me souviens, place Stéphanie, à l'arrêt du tram 93, avoir observé deux messieurs respectables se saluer du coude. Ils avaient bien décomposé leur geste, ils l'avaient exagérément amplifié et semblaient tous les deux hilares (l'hilarité semblant être un complément indispensable à ce genre de nouvelles salutations prophylactiques). Tout ce cirque, et cette hilarité générale, disparaîtraient dans les semaines suivantes, et se figeraient, dans la gravité et l'effroi, avec les premières dizaines de milliers de morts.

13

Le 11 mars 2020, en France, a été mis en place un comité d'experts chargé d'éclairer la décision publique dans la gestion de la situation sanitaire liée au coronavirus. Le conseil scientifique, composé d'une dizaine de membres, avait la conviction que l'arrivée de la vague épidémique n'était plus qu'une question de jours.

Au début de l'année 2020 m'attendait un programme chargé d'expositions, de colloques et de voyages. Mais, ce que je commençais à pressentir, après avoir enregistré les premières annulations dues à la crise du coronavirus, c'est que d'autres événements allaient être annulés, et que, d'un coup, j'allais me trouver sans perspective, dans l'incapacité, à la fois de *vivre* (puisque tout ce que j'avais prévu serait annulé) et d'*écrire*, puisque je n'avais aucun nouveau projet en route. Ce sentiment de l'imminence de l'inaction forcée était encore diffus à ce moment-là, il n'était pas encore clairement formulé, mais, depuis quelques jours, une appréhension, une angoisse nouvelle était en train de s'insinuer sournoisement dans mes pensées. J'ai toujours eu la hantise du désœuvrement. J'ai toujours eu besoin, pour atteindre un point d'équilibre dans ma vie, d'avoir un projet en cours, un livre en préparation. Il fallait, impérativement, ces jours-ci, à Bruxelles, que je mette en place un nouveau projet. C'est alors que j'ai décidé, pour occuper les heures de désœuvrement que je sentais poindre à l'horizon, de me lancer dans la traduction d'un livre, et mon choix s'est porté sur la nouvelle *Le Joueur d'échecs* de Stefan Zweig.

14

Lorsque je vivais à Berlin au début des années 1990, j'avais déjà caressé l'idée de traduire *Le Joueur d'échecs*. Je dois encore avoir la trace, dans un vieil ordinateur, d'une première version de la traduction des premières lignes, mais je ne suis jamais allé beaucoup plus loin, et je crains que le grand paquebot qui devait quitter New York pour Buenos Aires dans la nouvelle de Zweig n'ait jamais pris la mer et soit resté en rade dans l'ordinateur dont je me servais à l'époque. Mes parents ont toujours été de grands admirateurs de Zweig. Je me souviens d'avoir parlé avec eux du *Monde d'hier* au début des années 1990 à Berlin. La passion de Zweig pour l'Europe, son idéal de tolérance toujours prêt à s'opposer au fanatisme, qu'il soit politique ou religieux, ont ensuite trouvé en moi un écho personnel, d'autant plus fort que les causes qu'il défendait entraient en résonance avec notre temps. J'ai même fini inconsciemment par associer Zweig à mon père. C'est donc presque naturellement, avec une sorte d'évidence, que, dans *Les Émotions*, j'ai eu l'idée de rapprocher la figure de Zweig du père du narrateur. Mais, curieusement, je n'ai jamais considéré que, si nous avions vécu à la même époque, Zweig aurait été quelqu'un dont j'aurais pu être l'ami. J'ai toujours vu Zweig comme un homme beaucoup plus âgé que moi, plus respectable, plus convenable, un homme d'âge mûr, austère, avec sa moustache, son costume austère, sa canne et son chapeau. Même aujourd'hui, où j'ai atteint, et même dépassé, l'âge que Zweig avait à sa mort (il s'est donné la mort à Petrópolis à l'âge de soixante ans), il reste toujours pour moi un personnage aussi lointain qu'inaccessible. Je le vois, et le verrai toujours, comme une figure intellectuelle intimidante, quelqu'un qu'on pourrait ranger dans cette catégorie indéfinie qu'on appelle les « amis des parents ».

Mais si, avec le temps, j'ai fini par me rapprocher de plus en plus de Zweig, jamais je n'aurais imaginé que j'allais un jour traduire *Le Joueur d'échecs*. Je m'y suis pourtant décidé dès les premiers frémissements de la crise du coronavirus. Mais pourquoi Zweig ? Pourquoi, si je voulais traduire un livre écrit en allemand, mon choix ne s'est-il pas porté sur Kafka ? Kafka aurait été le choix le plus évident. Car, si je me suis mis à étudier sérieusement l'allemand à Berlin au début des années 1990, c'était pour pouvoir lire Kafka en allemand. Ce qui s'explique en revanche plus aisément, c'est pourquoi, dans l'abondante œuvre de Zweig, mon choix s'est porté sur *Le Joueur d'échecs*. Car, pour moi, dès l'origine, la littérature et les échecs ont toujours eu partie liée.

Le premier livre que j'ai écrit, au début des années 1980, s'appelait *Échecs*, il racontait l'histoire d'un championnat du monde d'échecs qui durait dix mille parties, qui durait toute la vie, qui était la vie même. J'ai naturellement pensé à ce premier livre quand j'ai pris la décision de traduire la nouvelle de Zweig. Mieux, j'ai immédiatement décidé de traduire le titre original, *Schachnovelle*, non pas par *Le Joueur d'échecs*, le titre historique sous lequel la nouvelle est connue en France, mais par *Échecs*, le titre du premier livre que j'ai écrit. C'était là un choix consubstantiel à celui de traduire la nouvelle. En appelant la nouvelle de Zweig *Échecs*, en donnant à ma traduction le même titre qu'à ce premier roman que j'avais écrit il y a plus de quarante ans, j'effectuais ainsi, à travers le temps, un geste symbolique, intime et personnel, que je voyais autant comme un hommage à l'écrivain attachant qu'est Zweig que comme une fidélité au jeune homme que j'étais. En outre, le double sens du mot « échec » en français, que certains pourraient considérer comme un obstacle ou un inconvénient, me semble au contraire constituer un avantage, car il relie secrètement le titre du livre à l'état d'esprit de celui qui l'a écrit. Le titre *Échecs* revendique plutôt qu'il n'escamote l'ambiguïté polysémique du terme français, qui désigne à la fois le jeu d'échecs et l'échec, synonyme d'insuccès. Lorsqu'on connaît l'histoire personnelle de Zweig à partir de 1933, sa fuite douloureuse de Vienne, ses errements et ses déménagements successifs, à Londres, à New York, avant son arrivée au Brésil et son installation à Petrópolis, quand on sait que c'est précisément quelques jours après avoir terminé *Le Joueur d'échecs* qu'il allait mettre fin à ses jours, on admettra que l'éventuel parfum de mélancolie qui émane du mot « échec » en français, comme synonyme de « défaite », de « naufrage » ou de « faillite », est significativement de circonstance pour évoquer l'état d'esprit d'un homme qui est arrivé au terme de son parcours, et même douloureusement à-propos pour accompagner l'ultime texte qu'il ait écrit. Zweig lui-même, d'ailleurs, à propos de l'échec (*Misserfolg*), dit combien dans ses biographies et ses nouvelles il a toujours été attiré, non pas par ceux qui triomphent mais par ceux qui sont vaincus par le destin, Castellion et non Calvin, Érasme et non Luther.

15

Je me suis demandé par la suite si ce retour inattendu du jeu d'échecs dans ma vie avait partie liée avec les temps d'incertitude que nous vivions. À peu près à la même époque, dans les premiers jours de mars 2020, j'ai repensé pour la première fois depuis très longtemps à mon ami Gilles Andruet. C'était une journée grisâtre, quelques jours avant le confinement. J'étais sorti de chez moi en fin d'après-midi et mes pas m'ont porté vers la librairie d'échecs qui se trouve en haut de la rue de Belle-Vue. J'ai toujours su que cette librairie d'échecs était là, à portée de main, à cinq minutes à pied de la maison, mais cela faisait bien longtemps que je ne la fréquentais plus. J'ai dû y entrer deux ou trois fois en vingt ans. Lorsque, ce jour-là, j'ai poussé la porte vitrée de la librairie, je fus accueilli par le grelot d'une sonnette à l'ancienne. Il faisait encore jour dehors, mais une lumière jaune artificielle régnait à l'intérieur du magasin. La librairie, tout en longueur, basse de plafond, émaillée de coudes secrets et d'échelles de bibliothèques, semblait dater d'un autre siècle. Elle avait quelque chose d'encaissé et de poussiéreux, un côté caverne d'Ali Baba, bibliothèque de Babel. Du sol au plafond, des rayonnages s'étendaient à perte de vue, des centaines de livres et de revues d'échecs alignés côte à côte par catégories, rangés par ouvertures, espagnole, sicilienne, française, Caro-Kann, Grünfeld, ou par grands maîtres, Lasker, Alekhine, Fischer, Kasparov. Je m'avançais rêveusement entre les rayons, et j'avais le sentiment d'être soudain replongé dans un univers familier depuis longtemps disparu, l'univers des échecs que j'avais peu à peu délaissé au cours des années. Perdu dans mes pensées, je progressais dans les allées et certains noms propres depuis longtemps oubliés me revenaient en mémoire, Aldo Haïk, Nicolas Giffard, Chely Abravanel. Qu'étaient-ils devenus ? Jouaient-ils encore aux échecs aujourd'hui ? En voyant tous ces livres autour de moi, je me souvenais de ces temps lointains avant internet où le savoir passait par l'écrit, et le savoir échiquéen par les exemplaires de la revue *L'Informateur des échecs*, et je revoyais ces piles de revues d'échecs illustrées de diagrammes impénétrables qui étaient entassées sur la moquette de la chambre que Gilles Andruet occupait rue des Tournelles. Il y avait si longtemps que le souvenir de Gilles Andruet n'avait plus surgi ainsi à l'improviste dans mes pensées. Gilles Andruet, qui avait été si étroitement associé à ma vie à ce moment de ma jeunesse où je m'intéressais aux échecs, et qui, au fil des années, avait presque fini par s'effacer complètement de ma mémoire. Finalement, au bout d'une éternité (pendant laquelle d'innombrables pensées informulées m'avaient délicieusement occupé l'esprit), j'allai demander au libraire s'il avait *Mon Système* de Nimzovitch. Dans *Mon système,* référence absolue en matière de littérature échiquéenne, Nimzovitch développe une méthode qui dépasse le cadre strictement échiquéen pour prendre une dimension d'utopie poétique. Bien que parfois assez technique, le livre a une dimension littéraire évidente et il n'est pas nécessaire d'être grand maître pour apprécier la finesse spéculative de concepts qui allaient prendre une résonance particulière dans les jours à venir, comme le louvoiement, la surprotection ou la prophylaxie. Le libraire me dit qu'il ne croyait pas qu'il avait le livre mais qu'il allait vérifier. Il inspecta les rayons, passa un doigt fureteur sur le dos des volumes alignés sur les étagères. Il ne trouva pas, mais il me dit qu'il lui semblait qu'il avait un exemplaire du livre d'occasion, si je voulais bien le suivre. Il m'entraîna dans une deuxième salle, aussi chargée de livres et de jeux d'échecs en démonstration que la première, qui contenait en outre un coin brocante, avec des caisses remplies de revues et de livres d'occasion. Voilà, il avait trouvé. *Mon Système*, en deux volumes, avec une couverture d'une rare laideur qui représentait un lion rugissant, une patte en appui sur un échiquier, et l'autre dressée, qui menaçait trois malheureuses pièces égarées sous un ciel d'orage. Chez Hatier, 40 €. C'était un peu cher, il me le concédait, mais le livre était épuisé. Je lui dis que je prenais les deux volumes. À la caisse, pendant que je payais, nous échangeâmes quelques mots sur la situation sanitaire. Le libraire était dans l'incertitude, il ne savait pas s'il pourrait rester ouvert les jours suivants, il avait entendu parler de rumeur de fermeture générale des magasins, et même, et le mot me frappa, c'est la première fois que je l'entendais, de « *lockdown* » de la population.

16

Le lendemain, je commençais à traduire *Le Joueur d'échecs.* Chaque après-midi, je rejoignais mon bureau et je m'attelais à ma traduction, je traduisais quelques lignes, parfois un paragraphe, dans les meilleurs jours une page entière. Le premier paragraphe n'était pas facile à traduire. Je me reconnaissais peu dans ce paragraphe qui décrivait les préparatifs de départ d'un paquebot en partance pour Buenos Aires. J'avais beaucoup de mal à imaginer que j'aurais pu écrire un tel texte moi-même. La seule «pointe» que j'envisageais dans ma traduction, pour m'impliquer plus intimement et laisser comme une ombre de moi-même en transparence sous les phrases de Zweig, était d'essayer de faire grand cas du «*Mitternacht*» de l'incipit. J'aurais pu, ainsi, ouvrir ma traduction par «À minuit»: «À minuit, sur le grand paquebot qui devait quitter New York pour Buenos Aires régnait l'animation habituelle des dernières heures.» De sorte que j'aurais non seulement donné à la nouvelle de Zweig le titre du premier roman que j'ai écrit, *Échecs*, mais que j'aurais ouvert ma traduction par le mot «minuit», rappel subliminal du nom de la maison d'édition où je publie mes livres. Mais, finalement, j'ai assez vite renoncé à l'idée de monter en épingle ce «*Mitternacht*» qui n'était nullement souligné dans l'original allemand. Une autre question de détail m'a occupé l'esprit dès la traduction de la première phrase, c'était de savoir si je pouvais traduire les deux mots de l'original « *Geschäftigkeit und Bewegung* » (littéralement : affairement et mouvement) par un seul mot en français, « animation ». Je venais tout juste de commencer ma traduction, et, on le voit, j'étais déjà assailli de mille scrupules, qui, si je les avais laissés me submerger, auraient inhibé en moi toute impulsion créatrice, au point de faire de ma traduction un simple mot-à-mot, plus proche d'un laborieux exercice de version scolaire que d'une véritable création littéraire. Certes, il s'agissait de traduire. Mais traduire, c'est écrire. Comme la guerre, selon Clausewitz, qui est la continuation de la politique par d'autres moyens, la traduction n'est rien d'autre que le prolongement de l'écriture par d'autres moyens. Je devais m'approprier le texte. Il fallait, chaque fois que c'était possible, qu'on devine mon ombre en filigrane derrière les lignes de Zweig. Ce qu'il fallait viser dans cette traduction, c'était ces deux *fidélités contradictoires*, la fidélité à Zweig et la fidélité à moi-même. Sinon, à quoi bon me lancer dans une telle entreprise ?

17

Ce matin, les premières épreuves des *Émotions* sont arrivées à Bruxelles. J'avais quinze jours pour les relire. Je ressentais une appréhension diffuse de devoir me replonger dans ce texte que j'avais tant travaillé, qui était rempli, de toutes parts, de cicatrices indécelables, d'ablations invisibles, de réparations de fortune, de rustines et de greffes. Je savais, d'expérience, le tourment que ce serait de me replonger dans ce travail. Comme après une longue opération chirurgicale, le livre était encore sensible, certains passages étaient toujours douloureux. Le roman en entier était convalescent, et je savais les trésors de prudence dont j'allais devoir faire preuve pour l'ausculter dans les prochains jours, en renonçant, malgré la tentation, au premier problème décelé, à l'étendre à nouveau sur la table d'opération et à reprendre le bistouri. L'heure, je le savais, n'était plus aux grandes saignées intrusives, elle n'était plus qu'à l'inspection ultime des sutures, aux modifications infimes, aux vérifications de détail. La relecture des épreuves est un art spécifique, méticuleux, très technique. Aux échecs, cette *technicité* hyperspécialisée, souvent maniaque, parfois vétilleuse, se retrouve essentiellement dans la théorie des finales. Il existe, pour les finales d'échecs, un livre équivalent au Grévisse,

L'Encyclopédie des finales d'échecs, une œuvre collective, obsessionnelle, borgésienne, labyrinthique, publiée sous la direction d'Aleksandar Matanović, qui est composée de cinq volumes, chacun divisé en dix sections, elles-mêmes subdivisées en sous-sections en fonction du matériel encore présent sur l'échiquier (finales de pions, finales de Tours, finales de Dames).

Dans les jours suivants, j'ai consacré trois séances à la relecture des épreuves des *Émotions*, une par partie que compte le roman. Le premier jour, en sortant de mon bureau après trois heures de travail, comme un boxeur après l'entraînement, essoufflé, en nage, je suis allé rejoindre Madeleine dans le salon. Alors ? me dit Madeleine. La routine, dis-je. Travail sur les enchaînements, sac de frappe, mouvements d'esquive. Arrête de sautiller sur place, dit-elle, tu me donnes le tournis. Je me suis assis dans le salon avec Madeleine, et je lui ai fait part des quelques petites corrections que j'avais effectuées. Rien de très spectaculaire. Page 32, ligne 16, supprimer la virgule entre « Detrez » et « que je travaillais ». Page 68, dernière ligne, « repoussées à plus tard » me semble être un pléonasme. Je préfère écrire : « *renvoyées* à plus tard ». Des choses comme ça. Il y a un gouffre évidemment, un contraste abyssal entre le soin scrupuleux qu'on prend pour remplacer un mot ou déplacer une virgule, et le résultat, à peine visible, qui en ressort quand on observe le résultat de l'extérieur. C'est peut-être dans les pages que j'ai écrites sur Musset que j'ai le mieux décrit ce qu'est l'écriture, cette délicieuse affaire qui échappe en général totalement au non-initié, qui croit qu'écrire des livres, c'est inventer des histoires, nouer des intrigues, créer des personnages, alors qu'écrire, au quotidien, c'est régler sans fin des problèmes infinitésimaux :

> Déjà un début de phrase m'était venu en chemin en revenant du parc. Je me répétai la phrase mentalement, mes doigts s'apprêtaient à la taper sur le clavier. « Quand Musset, abordant dans sa nouvelle... » Non, cela n'allait pas, « abordant » n'allait pas. Je levai la tête et regardai le plafond. « Évoquant », peut-être ? Non, « évoquant » n'allait pas non plus. « Quand », par contre, me semblait assez bon. « Quand » était irréprochable, je trouvais. Et « Musset » c'était Musset, je pouvais difficilement l'améliorer. Quand Musset, dis-je à voix basse. Oui, ce n'était pas mal. Je me relevai, fis quelques pas dans mon bureau, ouvris la porte du balcon et me rendis pensivement sur la terrasse. Quand

Musset, répétai-je à voix basse. Non, rien à dire, c'était un bon début. Je le dis un peu plus fort. Quand Musset. Je m'accoudai à la balustrade du balcon et le gueulai un petit coup : Quand Musset ! Quand Musset ! répétais-je au balcon.

Mais qui le sait, ça, qui sait ce qu'on sue sang et eau quand on écrit ? Ce qui est en jeu, dans la littérature, ce sont des questions hyper spécialisées, hyper techniques, souvent d'une infinie complexité, la plupart du temps inaccessibles au profane. Un jour, une lycéenne qui avait lu mon roman *Fuir* dans le cadre du Goncourt des Lycéens, m'avait écrit, d'un ton pincé, pour me dire qu'elle n'avait rien compris à mon livre, que ça ne racontait pas d'histoire, qu'elle se demandait bien quel message j'avais voulu faire passer. J'avais fait grand cas de sa lettre, et je m'étais efforcé de lui répondre avec soin :

Chère Hélène (le prénom a été modifié — ou pas, je ne sais plus),

J'aurais pu accueillir votre lettre d'un haussement d'épaules et d'un sourire amusé. Mais je vais vous répondre, car votre lettre me paraît exemplaire d'une méconnaissance très répandue de ce qu'est la littérature. En vérité, les sources de votre légitimité m'échappent. C'est parce que vous êtes en première « littéraire » que vous me jugez — et condamnez — avec autant d'aplomb ? C'est comme si vos camarades de première « scientifique » jugeaient des travaux de physiciens quantiques et allaient leur écrire pour se plaindre que leurs travaux sont incompréhensibles. Incompréhensibles pour qui ? Pour les lycéens ? Personne n'a dit le contraire. La littérature, pour être jugée, demande un minimum de connaissance, d'expérience et de culture.

Par ailleurs, je voudrais dissiper deux malentendus.

1) La littérature n'a pas pour vocation de raconter des histoires.

2) L'écrivain n'a pas à délivrer de message.

La littérature est un art. Dans le meilleur des cas, il peut se dégager d'un livre une vision du monde, un rythme, une énergie, et un échange d'intelligence et de sensibilité peut s'opérer entre l'auteur et le lecteur. C'est ce qui se passe en général avec les livres des grands auteurs, reconnus par la critique et l'université. Or, précisément, mes livres sont reconnus par la critique et l'université, ils sont édités à l'étranger, font l'objet d'articles, de mémoires et de thèses. Je voudrais, si cela vous intéresse d'en savoir davantage sur la littérature, vous recommander la lecture d'un livre accessible et passionnant, *Préface à une vie d'écrivain,* d'Alain Robbe-Grillet, qui, depuis près de cinquante ans, s'emploie à débarrasser la littérature de tous les lieux communs, présupposés et clichés qui l'empoussièrent.

J'ajoutais en *post-scriptum* : J'ai lu votre lettre à mon fils Jean (qui doit avoir votre âge et votre impertinence), et qui, dans une réponse moins circonstanciée que la mienne, a conclu, en se marrant : « Va te cacher, Hélène ! »

À l'époque, en 2005, j'étais chatouilleux de la gâchette, je réagissais au quart de tour. Je tirais sur tout ce qui bougeait si je me sentais visé. Je me suis donc senti directement concerné, et personnellement attaqué, lorsque, quelques mois plus tard, j'ai découvert dans le magazine *Courrier international* un article du quotidien suédois *Svenska Dagbladet* qui évoquait ces « écrivains français coupés de la réalité ». L'auteur de l'article, Thomas L., expliquait qu'aucun des livres qui avaient obtenu un prix littéraire en 2005 n'évoquait, de près ou de loin, la crise des banlieues qui avait marqué la France cet automne-là. Le titre de l'article était très explicite : « Des écrivains déconnectés de la réalité. Novembre 2005 : émeutes dans les banlieues et prix littéraires. Deux mondes qui s'ignorent. » Or, il se trouve qu'en 2005, mon roman *Fuir* avait obtenu le prix Médicis. J'aurais pu ignorer le reproche et ne pas répondre. J'aurais pu. Mais je peux difficilement prétendre être un écrivain qui souhaite s'intéresser au monde contemporain — qui en fait même une préoccupation majeure, un enjeu capital de ses livres —, et ne pas prêter attention à une réflexion qui me reproche précisément d'être coupé de la réalité. J'ai longuement réfléchi à la question, et j'ai produit une réponse, que j'ai déroulée en quatre points. Premier point. Il me paraît normal que des livres de littérature primés en novembre, donc publiés quelques mois plus tôt, et sans doute conçus, imaginés et écrits, dans les années qui précèdent, ne soient pas une illustration de l'actualité la plus immédiate. Le décalage n'a rien de choquant. Je soupçonne une confusion entre littérature et journalisme, la littérature n'a jamais eu pour fonction d'illustrer, en temps réel, la réalité d'un pays ou d'une époque. Deuxième point. Si la littérature y parvient (et parfois avec bien plus d'acuité que les analyses à chaud), cela ne peut être apprécié qu'avec un certain recul. Je pourrais par exemple faire remarquer que mon premier roman, *La Salle de bain*, publié en 1985, n'était en rien une illustration de la France des années Mitterrand, que la dimension sociale y était absente et aucune affaire politique abordée, mais que le livre a pourtant été perçu, *a posteriori* — malgré, ou à cause, de l'isolement du narrateur qui se coupait volontairement du monde en s'isolant dans sa salle de bain — comme un roman emblématique d'une génération, au point qu'un magazine français de l'époque ait pu faire sa couverture sur « La génération *Salle de bain* ». Troisième point. L'article du *Svenska Dagbladet* me paraît ambigu sur la notion de réalité. Comme si la réalité, à l'automne 2005, pouvait se réduire à la situation dans les banlieues françaises. Être déconnecté de la réalité *sociale* ne signifie pas, me semble-t-il, être déconnecté du monde contemporain. Je ne me sens nullement coupé du monde contemporain. Au contraire. J'insiste d'autant plus sur ce point qu'il me semble que la littérature faillirait si elle n'exprimait pas un point de vue sur le monde contemporain. Il importe, pour moi, d'être un écrivain de mon temps, de m'inscrire dans le présent, d'être à l'écoute de l'époque et de la restituer. Au moment de la sortie de *Fuir*, alors qu'on me demandait pourquoi mes deux derniers romans étaient situés en Asie, j'expliquais qu'il y avait là quelque chose de très intéressant pour un écrivain du début du XXIe siècle, que la Chine représentait le monde qui est en train de se transformer, le monde qui change, qui évolue. La Chine, pour moi, c'était le contemporain. Quatrième point. *Fuir* évoque une rupture amoureuse, il y est question de thématiques aussi universelles que celles de l'amour et de la mort, sur fond de Chine contemporaine. Ce qui serait coupé du réel ? Ce qui serait déconnecté de la réalité ? Encore une fois, je demande un peu de recul — disons, vingt ans de patience. Il n'est pas exclu que, dans vingt ans, l'émergence de la Chine soit plus emblématique des années actuelles que la crise des banlieues françaises à l'automne 2005.

18

J'avance, pas à pas, dans ma traduction du *Joueur d'échecs*. Depuis quelques jours, à ce projet de traduction est venu se greffer un autre projet, et même deux autres projets, qui s'emboîtent les uns dans les autres, comme des poupées gigognes. Ce n'est plus un projet que j'ai, mais deux, mais trois, qui sont complémentaires, qui s'enrichissent et se répondent. Je vais traduire *Le Joueur d'échecs* et j'en profiterai pour mener à bien un projet auquel je pense depuis longtemps, consacrer un essai à la traduction. Et, à ces deux projets, la traduction et l'essai, s'en ajoutera un troisième, un livre, une sorte de journal de bord que je tiendrai en parallèle, à la fois témoignage sur la traduction et méditation sur l'écriture, glose et flânerie, exégèse et cueillette, qui m'accompagnera tout au long du chemin. Voilà, j'ai défini le projet, il sera tricéphale. Je suis paré, le confinement peut commencer.

19

Ce soir, en France, le président de la République s'adresse pour la première fois aux Français depuis le début de la crise sanitaire. Nous suivons avec Madeleine l'intervention présidentielle à la télévision dans le salon de notre appartement de Bruxelles. Marseillaise sur fond de vue du palais de L'Élysée. Emmanuel Macron apparaît dans son bureau, en plan moyen, sur fond de drapeaux français et européen. Frangnaise, dit-il, ou du moins c'est ce qu'indique le sous-titrage simultané de son allocution. Le sous-titrage ne favorise pas la qualité de l'écoute, me semble-t-il. N'écoutant plus le président que d'une oreille distraite, mes yeux sont irrésistiblement attirés par le ballet incohérent de lettres ivres qui s'entrechoquent au bas de l'écran, et je commence malgré moi à les assembler mentalement comme s'il s'agissait d'un tirage de Scrabble particulièrement retors. Macron parle de « plus grande crise sanitaire qu'ait connue la France depuis un siècle» et, en sous-titres, c'est le mot «quiéyeière» qui apparaît au bas de l'écran. Le mot est fort, convenons-en. Mais, concrètement, ça veut dire quoi, quiéyeière ? Certes, en France, les écoles vont fermer, mais la vie quotidienne ne va pas être affectée. Lorsque le président termine son allocution, je n'ai en rien l'impression que nous sommes à un tournant dans la crise du coronavirus : les magasins restent ouverts, le premier tour des élections municipales est maintenu dimanche prochain.

C'est alors que, changeant de chaîne, nous passons sur la RTBF. Nous arrivons, à l'improviste, au beau milieu d'une émission spéciale qui cherche un second souffle en attendant la conférence de presse de la Première ministre. La réunion du Conseil national de sécurité s'éternise. De temps à autre, pour meubler, on se rend en duplex rue de la Loi, où une journaliste désœuvrée se tient debout, la main sur l'oreillette, le micro à la main, devant une tribune vide. Sur le grand plateau bleuté de la RTBF, autour du présentateur vedette et de deux politiciens, se tient un épidémiologiste, Marius (le prénom n'a pas été changé). C'est un jeune médecin belge, en bras de chemise, légèrement décoiffé, compétent, décontracté. Il enseigne à l'ULB. Il est très didactique, souvent rassurant, nullement anxiogène, même s'il ne cache pas la gravité de la situation et fait état de risques réels pour les services de santé du pays. L'essentiel de son discours tient en un point. Il y a, dit-il, un indicateur qu'il ne faut jamais perdre de vue, il faut toujours — toujours — garder un œil sur le nombre de lits disponibles en réanimation, pour que les services de santé ne soient jamais débordés. C'est clair, c'est précis, c'est rassurant.

Les hommes politiques ne sont pas en reste. Loin de donner des leçons et d'avoir ce ton d'expert autosatisfait qu'on voit trop souvent sur les plateaux de télévision, ils avouent, avec humilité, leur ignorance, parfois leur naïveté (j'apprécie la façon débonnaire dont le bourgmestre de Bruxelles confesse comment, jusqu'à il y a quelques jours, il serrait encore des mains à tour de bras). Même le présentateur vedette s'en tire bien. Il anime les débats avec professionnalisme, il aiguille la conversation, il relance les invités. Il n'hésite pas à pousser les hommes politiques dans leurs retranchements, mais ceux-ci esquivent la polémique, répètent que l'heure n'est pas aux jeux politiciens. Ce qui nous frappe, avec Madeleine, plus encore que la qualité des débats, c'est le ton des débats. On est soudain dans un autre pays. On retourne chez la journaliste en duplex rue de la Loi, elle se tient très raide au même endroit, son micro à la main, la tribune vide derrière elle. Il n'y a toujours personne dans la salle. Puis, insensiblement, cela bruisse, cela frémit, cela frissonne. Les premiers signes avant-coureurs du dénouement apparaissent. Le présentateur, sur le plateau, reçoit des informations dans son oreillette. Il est 22 h 25. La Première ministre prend la parole — et c'est la douche froide.

La Première ministre détaille, avec calme, les mesures qui vont prendre effet à compter du lendemain à minuit. Fermeture de toutes les écoles du pays. Fermeture des cafés et des restaurants. Annulation de toutes les activités, sportives et culturelles, peu importe leur taille, publiques et privées. C'est le basculement. Je me rends soudain compte de l'ampleur de la crise. Si je devais dater, avec précision, le moment où j'ai pris conscience pour la première fois de l'intensité de la crise sanitaire, ce serait ce soir-là, le 12 mars 2020, aux environs de 23 heures.

20

Avant de me coucher, je me fais couler un bain. J'allume une bougie que je pose sur le rebord de la baignoire. Je commence à me déshabiller. Je retire ma chemise dans la pénombre de la salle de bain. En me contorsionnant pour enlever mon pantalon, je songe qu'il devient de plus en plus rare que je prenne un bain, je me contente maintenant le plus souvent d'une douche. C'est évidemment une différence infime (un bain, une douche), mais j'y vois le signe d'un possible renoncement. Privilégier la douche au bain, serait-ce là un marqueur infaillible de l'imminence de l'approche de la vieillesse ? Je soulève la jambe pour entrer dans la baignoire, je m'assieds dans l'eau en dépliant précautionneusement les jambes et, dans le sentiment de miracle léger que j'éprouve alors au contact de l'onde, je retrouve soudain la mémoire immémoriale de l'eau. Au fil des ans, au gré de mes voyages, j'ai éprouvé le contact de toutes les mers du monde, la mer du Nord et la Baltique, la Méditerranée, l'Océan Atlantique, le Pacifique et la mer du Japon. Je me suis baigné dans l'eau glacée de lacs de montagne, dans des rivières, dans des torrents, dans des sources chaudes, dans des *onsen* au pied du mont Fuji. Je pense à toutes ces caresses liquides contre ma peau, à ces enlacements fugaces dans des mers d'huile ou dans l'écume voluptueuse et éclaboussante des rouleaux. Je me détends progressivement. J'étends les jambes dans le bain, je laisse glisser mes poignets sans force dans l'eau tiède. J'aperçois en face de moi, dans le miroir du lavabo, ma silhouette ombrée qui ne bouge pas dans la baignoire, tandis que, dans de lents vacillements, les murs chancellent au gré des fluctuations de la flamme de la bougie. Je ne bouge plus. Je m'apaise peu à peu dans la présence enveloppante de l'eau. L'eau, dans l'adversité, m'a toujours été un réconfort.

21

Le dimanche matin, coup de téléphone avec ma fille, Anna. Les rumeurs de confinement général se précisent. Cette fois, tout le monde a compris, le choc est immense. Il y a une gravité inhabituelle dans le ton de notre conversation. Je suis au téléphone, debout dans mon bureau, je regarde pensivement les étangs d'Ixelles par la fenêtre. Nous parlons de la crise. J'ai beaucoup réfléchi à la manière de qualifier l'événement. Plutôt que de dire à Anna « c'est dingue » ou « c'est incroyable », ou toute autre fade formule de la même farine, j'essaie de lui dire ce que c'est. C'est quoi, précisément, ce que nous vivons ? Je cherche l'expression juste. Je pense à Flaubert qui, cherchant désespérément à trouver la métaphore exacte pour qualifier une sorte de blancheur, après avoir écarté des centaines de variantes et testé des milliers d'hypothèses, finit par écrire : « blanc comme neige ». Ce n'est peut-être pas très original, non, mais au moins, c'est précis. Je continue de chercher l'expression juste, mais je bute. Je n'arrive pas à dire ce que c'est exactement, ce que nous sommes en train de vivre. Non, ce n'est pas une guerre, il n'y a pas de combats, il n'y a pas de conflit entre nations. Non, ce n'est pas l'équivalent de la grippe espagnole de 1918. C'est quoi, alors ? Je continue de regarder au loin par la fenêtre et je pense au texte que j'ai confié il y a quelques mois à Denis Podalydès. Ne rencontre-t-il pas un écho saisissant avec ce que nous sommes en train de vivre ? Car, dans le fond, de quoi est-il question dans ce texte ? De proposer une vision subjective de ce que peut être l'intrusion d'un événement extérieur violent, une attaque terroriste, l'explosion d'une bombe — mais on pourrait ajouter aujourd'hui une pandémie — dans l'univers personnel de quelqu'un. Ce moment où la sphère privée vole en éclats sous les assauts du monde extérieur. Depuis la veille, nous sommes tous concernés. Nous allons tous vivre, concrètement, de l'intérieur, ce qu'est l'intrusion, brutale, violente, d'un événement extérieur imprévisible dans ce qui constituait jusqu'ici l'univers tranquille et familier de notre vie quotidienne.

— C'est un événement sans précédent, dis-je.

Mon Dieu, l'heure doit être grave, car, pour souligner l'exceptionnelle solennité du moment que nous vivons, c'est la première fois que j'utilise un tiret pour introduire un dialogue dans un livre.

C'est alors qu'Anna, au téléphone, me dit — elle ne me l'a pas dit tout de suite, peut-être a-t-elle hésité avant de m'en faire part — qu'elle avait mal à la tête.

Mal à la tête !

Je me sens défaillir (ne dramatisons pas, ne dramatisons pas, me dis-je).

Le père que je suis, avec un extraordinaire sang-froid, lui dit : « Ne t'inquiète pas, Anna, le mal à la tête, ça peut arriver à tout le monde. » J'ignorais encore, en ce dimanche matin, que chacun d'entre nous, dans les semaines à venir, allions entreprendre une carrière de consultant médical privé, d'expert exclusif auprès de notre famille, qui, à table, abreuverions des assemblées de convives consternés d'interminables considérations médicales comparatives, analysant les courbes en les saupoudrant de commentaires personnels et de considérations épidémiologiques sur les dernières tendances de la pandémie. C'est bien moi, l'expert maison que je serais devenu, qui professerais, avec un jansénisme étroit, une rigidité augustine, à la limite de l'inflexibilité et de la raideur intellectuelle, la nécessité qu'il y avait de s'enduire les mains de gel hydroalcoolique à chaque fois qu'on prenait les transports en commun et qui expliquerais doctement à Madeleine que le confinement n'avait pas pour objectif de mettre un terme à la pandémie, mais simplement de garder un œil sur la courbe des nouvelles admissions en soins intensifs pour éviter une saturation du système de santé.

M'éclaircissant la voix, je dis à Anna, avec la plus grande solennité, de ne pas prendre d'ibuprofène. La rumeur bruissait en effet, depuis quelques jours, sur les réseaux sociaux, que les médicaments anti-inflammatoires pouvaient aggraver le mal qu'ils étaient censés combattre. Tu as de la fièvre ? dis-je. Un peu, dit-elle. Si les symptômes persistent, tu prends du paracétamol, dis-je. De la téléconsultation, maintenant. Rien d'autre que du paracétamol, dis-je. Ne t'inquiète pas, c'est sans doute pas grand-chose, ajoutai-je, si ce n'est pour la rassurer, pour me rassurer moi-même. Pas un mot à maman, dis-je. Ce n'est pas la peine de dramatiser avant d'avoir des informations plus précises. Il est vrai qu'en ces temps agités, nous avons tous imaginé à un moment ou à un autre, souvent à tort, parfois à raison, avoir été infecté par le virus. Moi-même, d'ailleurs, un soir, je me suis senti fiévreux. Avais-je attrapé le covid ? Je ne sais pas, mais j'ai un peu le nez qui coule et je m'aperçois que, dans ce nouveau livre que je suis en train d'écrire, le virus est en train de détraquer complètement le système très rigoureux d'écriture par paragraphes que j'avais mis au point depuis *La Salle de bain*. Il faut sans doute voir là une conséquence directe, peut-être pas la plus dramatique, mais une des plus inattendues de la crise sanitaire qui a ébranlé le monde au printemps 2020.

22

Le confinement est annoncé en France le 16 mars 2020.

Depuis quelques jours, je me lève très tôt, quand il fait encore nuit, et je traverse l'appartement silencieux pour rejoindre mon bureau. Je vois ce nouveau livre que j'ai commencé comme une immense fresque murale quasiment vierge, avec d'énormes pans manquants, encore vides, et qui le resteront à jamais ou que je viendrai combler un jour. L'ensemble est lacunaire. À côté d'îlots achevés, très peu, d'autres, ici et là, sont encore en construction, simplement ébauchés, quelques lignes qui esquissent une scène à venir, une date, un souvenir, une idée. Mais deux zones distinctes émergent, l'une qui marque le point le plus éloigné de la fresque, je ne remonterai pas plus loin dans le temps, le livre commencera en mars 2020 et se poursuivra ensuite au rythme paresseux et mimétique du passage du temps, dans une succession d'épisodes, le début de la pandémie, l'éclosion du projet de traduction du *Joueur d'échecs*, la visite à la librairie d'échecs, la relecture des épreuves des *Émotions*, la soirée du 12 mars 2020. Puis, au-delà de cette date cruciale du 12 mars 2020, véritable tournant où j'ai pris conscience de l'ampleur de la crise, vient une nouvelle vaste friche encore inexplorée, presque blanche, où je commence à pressentir que je vais évoquer les années de ma jeunesse où je m'intéressais aux échecs, ce moment de ma vie à la fin de mes études où, sans que sur le moment j'en aie vraiment conscience, s'est nouée ma vocation et fixé mon destin.

Sur le document dont je me sers sur mon ordinateur n'apparaissent encore que de rares annotations sur cette période, quelques indications télégraphiques, un simple pense-bête, tout est encore à faire, à construire, à écrire.

Mais le plus remarquable peut-être, c'est qu'à ce moment-là, j'ignore encore que le livre que je suis en train d'écrire va bientôt prendre sous mes yeux un caractère autobiographique.

Je me suis souvent interrogé sur ce qui, dans un livre, relève du hasard et ce qui appartient à la nécessité. Se peut-il que la crise du Covid-19 soit l'élément fortuit venu en quelque sorte *féconder* la nécessité plus vaste qu'il y a toujours pour un écrivain d'aborder un jour l'autobiographie ? L'heure de l'autobiographie, pour moi, aurait-elle sonné ?

23

Nous dînons, Madeleine et moi, à la table ronde du salon. Nous dînons assez tôt, vers 19 heures, et la plupart du temps, nous enchaînons avec les informations d'Arte.

Le repas se termine. Nous échangeons quelques mots avec Madeleine, l'ambiance est parfois lourde, les chiffres de l'évolution de l'épidémie sont de plus en plus mauvais. Le 19 mars, l'Italie vient d'atteindre le record mondial des morts du coronavirus, avec 3 405 décès contre 3 100 (officiellement) pour la Chine.

Je pense combien l'horizon s'est transformé en si peu de temps. En moins d'une semaine, tous les événements qui étaient prévus ont été annulés et c'est un autre programme, lentement, qui s'est mis en place, l'écriture le matin, qui avance par à-coups (je ne sais pas précisément où je vais, mais je poursuis ma route, sans ralentir, sans prendre le temps de me relire, j'essaie, chaque jour, de continuer d'avancer, j'aurai bien le temps de me relire plus tard), et la traduction du *Joueur d'échecs* l'après-midi.

Je dis à Madeleine que, finalement, ça m'arrange.

Elle relève les yeux vers moi, elle me demande de préciser.

Qu'est-ce qui t'arrange ?

Je dis ça, ce que nous vivons, que tout soit annulé.

Elle me considère attentivement, elle me fusille du regard.

Ça t'arrange ?

Et, le regard mauvais, elle me jette à la figure l'étendue de la crise que nous vivons, la maladie, l'angoisse, la mort, les milliers de gens en réanimation, les patients en détresse respiratoire qu'il faut intuber, les hôpitaux débordés, la fatigue des personnels de santé.

Et ça t'arrange ?

Je réponds, j'essaie de nuancer. Je marche sur des œufs. Je m'embrouille, je finis par concéder — de mauvaise grâce — que je me suis mal exprimé.

Madeleine, d'un ton mauvais — je ne sens pas de bienveillance dans son regard — me dit que cela l'étonne de moi — « toi, qui t'exprimes si bien en général » dit-elle avec une amère ironie — et elle ne lâche pas sa proie, elle insiste, elle en rajoute.

Ah, ça t'arrange ?

La fin du repas est tendue, on ne hausse pas la

voix, mais c'est une engueulade larvée, occulte, froide, glacée, on ne s'adresse plus la parole en débarrassant la table du dîner. On va du salon à la cuisine, on remplit la machine à laver la vaisselle, Madeleine va s'installer dans le canapé du salon, elle allume le téléviseur pour regarder les informations d'Arte. Elle fait la gueule.

Je n'insiste pas, je quitte le salon.

Je rejoins mon bureau.

Je ferme la porte derrière moi.

J'ai conscience que je dois préciser les choses.

Je me suis, en effet, mal exprimé, mais ce que je ressens (que, finalement, ça m'arrange), je le maintiens.

Il faut donc l'exprimer différemment.

Mais comment ?

Après vérification, ayant consulté le dictionnaire, je me rends compte que le verbe « arranger » tel qu'il est utilisé dans l'expression « ça m'arrange » signifie « procurer commodité ou agrément ». Ce n'est évidemment pas ce que j'ai voulu dire, que la crise que nous vivons me procure de la commodité, et encore moins de l'agrément.

L'expression « ça m'arrange » est extrêmement coupante, et difficile à manier, son tranchant est effilé. Un rien, et on s'y blesse, on s'y ouvre le doigt, et le sang jaillit.

Mais ce dont je suis conscient, ce que je perçois de positif, ou de favorable, dans cette crise que nous sommes en train de vivre, c'est le potentiel de renouvellement inédit qu'elle recèle.

En chinois, le mot « crise » est composé de deux idéogrammes qui signifient « danger » et « opportunité ». Il est indéniable qu'il y a une dimension de « danger » dans l'épidémie de Covid-19 que nous vivons, un danger qui peut même prendre des proportions dramatiques pour les malades et leurs familles (le caractère 危, *wei*, représente d'ailleurs un homme au bord d'un précipice), mais qu'elle recèle aussi, et c'est peut-être moins déchiffrable, une opportunité.

Ce que la crise nous apporte, qu'on le veuille ou non, qu'on s'en réjouisse ou pas, c'est une occasion unique.

Avec cette crise, il nous est donné — l'injonction est aussi impérieuse que tacite — de pouvoir considérer notre avenir différemment. Et cette injonction, libre à nous de la vivre comme un danger ou comme une chance, de la subir comme une menace ou d'en tirer parti comme d'une opportunité.

Ce qui était le cours normal, habituel, de nos vies, a été soudainement révoqué, tous les événements auxquels nous devions participer ont été annulés.

Une nouvelle page s'ouvre devant nous, une page blanche, qui est l'occasion de faire surgir de nouveaux possibles imprévus dans nos vies.

24

L'épidémie progresse inexorablement.

Sur les écrans de télévision défilent des images de camions militaires bâchés remplis de cadavres qui traversent de nuit les rues de Bergame désertes.

25

Depuis le début du confinement, nous allons déjeuner tous les dimanches chez maman. La maison de mes parents, où habite toujours ma mère, se trouve au 12 avenue des Klauwaerts. C'est ici que mes parents se sont installés au début des années 1980 quand mon père est revenu à Bruxelles lorsqu'il est devenu rédacteur en chef du *Soir.* Je n'ai jamais vécu dans cette maison, je ne l'ai même jamais connue enfant, mais, chaque fois que je m'y rends, lors des réveillons de Noël ou pour rendre visite à mes parents (à ma mère seule maintenant, depuis que mon père est mort), des angoisses très anciennes liées à mon adolescence remontent à la surface. Dès que je passe la grille noire en fer forgé de la petite cour qui s'étend devant la façade où on aperçoit la vitrine de la librairie Chapitre XII, dès que je sonne, dès que je m'engage dans les escaliers pour rejoindre le premier étage, c'est l'ensemble de mes relations avec mes parents qui remontent à la surface.

Le 12 avenue des Klauwaerts est la maison de mes parents, c'est leur territoire intime, leur âme a toujours hanté les lieux. Encore aujourd'hui, chaque fois que j'entre dans le salon de la maison de l'avenue des Klauwaerts, je ressens une appréhension.

Maman nous attend au premier étage, en haut des escaliers. Elle nous souhaite la bienvenue à distance. Chacun connaît son rôle, nous nous avançons vers elle comme si nous allions lui faire la bise, mais au dernier moment, dans un ballet sinueux et muet, nous bifurquons et nous esquissons une imperceptible ronde sur place autour d'un feu imaginaire pour entrer dans le salon en évitant de se toucher.

Maman a dressé une belle table pour nous devant le bow-window. Il y a là une sorte de loggia vitrée qui donne sur les étangs d'Ixelles. Nous passons à table. Il fait beau, le soleil ondoie sur la nappe. Nous sommes détendus, le déjeuner se passe bien, mais, sous la surface tranquille des apparences, je ne peux m'empêcher de deviner la présence de vieux démons qui rôdent, des non-dits, des frustrations, des agacements très anciens et des impuissances lointaines que je sens se mouvoir dans les grands fonds inaccessibles de mon psychisme. Le passé semble se déployer de tous côtés autour de moi, autant dans le temps que dans l'espace, de façon invisible et secrète, au fond de moi mais également au grand jour, qui remonte à la surface dans la conversation légère et souriante que nous sommes en train de mener autour de la table. Nous sommes ici, que je le veuille ou non, dans la maison de mes parents. C'est dans cette maison que nous fêtons Noël, et, même si aujourd'hui un soleil éclatant remplace la pénombre illuminée de bougies des soirées du 24 décembre, c'est, malgré tout, la même maison, je le sais, je le sens presque physiquement, c'est comme si mes angoisses anciennes *reconnaissaient* la maison de mes parents, ces très vieilles angoisses liées à l'adolescence, dont je pensais pourtant, devenu adulte, avoir oublié jusqu'à l'existence, et que l'épidémie de Covid-19 était en train de réactiver.

Des angoisses du temps de mon adolescence, les plus anciennes et les plus constantes sont liées à l'Ermitage, le collège où je suis resté quatre années pensionnaire au début des années 1970. Que retenir de l'Ermitage ? Une image de cour de récréation gravillonnée, une pluie fine, la grisaille, des marronniers, des feuilles mortes par terre, des lits superposés dans une chambre de pension à la rentrée scolaire 1970, quatre petits garçons dans une chambre triste, Toussaint, Bonhomme, Garrec, Caratini.

Mon père a fait une photo de l'adolescent que j'étais en ces temps lointains de l'Ermitage. Je suis assis, très droit, très sage, dans le canapé du salon de la rue des Tournelles, vêtu d'un pull multicolore à rayures horizontales, le visage doux et les cheveux bien peignés, avec une raie consolidée par un filet de salive. Mon regard est droit, il est franc, il est offert, on lit de la bonté dans ce visage d'enfant. J'ai de la tendresse pour le petit garçon que j'étais à ce moment-là. Moi, je ne m'aimais pas beaucoup à cette époque, je n'étais pas heureux, je venais d'être arraché de Bruxelles, la ville à jamais ensoleillée de mon enfance, pour être envoyé en pension à Maisons-Laffitte. Je me suis très vite replié sur moi-même, j'ai commencé à me cogner aux arêtes du réel, j'étais empêtré dans mon corps qui était en train de se transformer, mais il y avait en moi à ce moment-là, comme peut-être plus jamais par la suite à ce point d'incandescence, une bonté, une bonté intacte. Une douceur, un idéal. Cette bonté foncière, qu'on perçoit sur cette photo dans les yeux de l'enfant que j'étais, l'adulte que je suis devenu a dû l'enfouir, la contenir, la dissimuler, la vie m'a appris à la brider, à la tenir secrète. À force de ne pas être sollicitée, de ne pouvoir se manifester, cette bonté s'est rétrécie, elle s'est durcie, s'est sclérosée, s'est rétractée. De concrétion en concrétion, elle s'est transformée en un petit amas sec, compact, pétrifié, comme le vestige caché le plus secret de mon adolescence.

26

Frédéric Lehrer est arrivé à l'Ermitage à la rentrée 1973. Parcours scolaire erratique, baladé de pension en pension. Il avait, je crois, redoublé plusieurs fois. Même si nous étions tous les deux en première D, il avait un ou deux ans de plus que moi. J'ai même soupçonné un jour, et cela m'a plongé dans une sorte de bref vertige métaphysique, qu'en réalité il avait déjà atteint l'âge considérable de dix-huit ans (ce qui ne faisait pas de lui pour autant un majeur, la majorité civile à dix-huit ans ne serait établie par Giscard d'Estaing que l'année suivante). En fait, je n'ai jamais réellement su l'âge de Frédéric Lehrer. Je ne savais pas grand-chose de lui, je crois que ses parents ne s'occupaient plus de lui et que c'était sa grand-mère qui l'élevait. Tous les soirs, après l'étude, nous rejoignions nos chambres. Nous étions logés chez une vieille dame de Maisons-Laffitte qui accueillait des pensionnaires. Elle habitait rue d'Achères, dans une maison particulière à deux étages en bordure de la voie ferrée, avec un jardinet, un portail en fer forgé, des volets grisâtres presque toujours fermés. Nous étions, en tout et pour tout, trois pensionnaires dans cet internat. Nous occupions chacun une chambre au deuxième étage, la vieille dame occupait le reste de la maison.

Je ne garde aucun souvenir précis du visage de Frédéric Lehrer. Les cheveux blonds, bouclés, un blond presque blanc, le visage très pâle, les traits aigus. Il était toujours très sérieux, grave, je ne l'ai jamais vu sourire. Un soir, après le dîner, il nous a convoqués dans sa chambre au fond du couloir. Il aimait les cachotteries, les rendez-vous secrets. Quand je suis entré dans la pièce, le troisième pensionnaire était déjà là, assis dans un coin, silencieux, presque invisible. J'ai tout oublié de ce troisième personnage, son nom, son visage, il s'est comme dissous peu à peu dans la poussière du temps. Frédéric Lehrer était assis en tailleur sur son lit, il portait une robe de chambre courte, une sorte de veste d'intérieur de couleur bordeaux, très étrange pour un garçon de son âge. Il était pieds nus, et je remarquai, quand il se déploya pour prendre un paquet de Dunhill et un cendrier sur la table de nuit, qu'il avait gardé son caleçon. Ce qu'il voulait nous dire ce soir-là, c'est que son père était un « barbouze ».

Encore aujourd'hui, en entendant le mot « barbouze », je ne peux m'empêcher de penser à Frédéric Lehrer. Je ne connaissais pas le terme à l'époque, et j'ai mis un moment à comprendre que cela voulait dire que son père travaillait pour des services secrets. Lesquels, mystère. La CIA, le Mossad ? Je n'en avais aucune idée, Frédéric Lehrer ne nous en a jamais dit plus. Son père, d'ailleurs, ne s'appelait pas Lehrer. Il disait que le vrai nom de son père était Lehman, qu'il était le fils naturel de W. H. Lehman, un diplomate américain qui avait participé aux négociations sur le désarmement. Son père avait même fait partie de la délégation américaine qui avait signé les accords SALT I à Moscou en 1972. Frédéric Lehrer posa le cendrier sur la table de nuit, se releva pour aller fouiller son pantalon sur le dossier d'une chaise, et sortit une photo de petite taille de son portefeuille. Il nous la montra, une photo en noir et blanc aux bords dentelés, un peu surexposée, d'un couple sur une plage. Il nous laissa l'admirer, un instant, pas longtemps (je ne voyais pas très bien où il voulait en venir, mais je n'osais pas poser de questions). Après avoir rangé la photo, il mit un doigt à la verticale devant sa bouche. Il alla se rasseoir sur son lit, reprit sa position de fakir, les cuisses nues qui dépassaient de sa robe de chambre évasée, et demeura silencieux, méditatif. Tirant longuement une bouffée de Dunhill en plissant les yeux, il nous apprit qu'il ne voyait plus ses parents depuis longtemps, qu'il avait rompu avec eux, qu'il avait « coupé les ponts ». Était-il un peu mythomane ? Sans doute. Mais, d'un autre côté, je me disais qu'il ne pouvait pas avoir inventé tout cela en partant de rien, il devait certainement y avoir un fond de vérité dans ce qu'il nous avait servi ce soir-là.

Je me rends compte aujourd'hui que je perçois tout ce qui se rapporte à cette période lointaine de l'Ermitage à travers une double couche d'opacité. Il y a d'abord l'opacité inhérente au souvenir ou à la mémoire, qui embrume les silhouettes et nappe les lieux anciens d'un léger voile de brouillard, mais il y a surtout l'opacité effective de la réalité telle qu'elle était à l'époque, souvent impénétrable, qui me faisait soupçonner que quelque chose se cachait derrière la surface anodine des apparences sans que je sois jamais en mesure de percer à jour ses mystères. Sur le moment, je n'y avais pas prêté attention, mais avec le recul, je ne peux m'empêcher de rapprocher les révélations que nous avait faites Frédéric Lehrer au sujet de son père de la présence à cette époque à l'Ermitage d'un autre personnage qui cachait une histoire personnelle trouble et un passé vénéneux. Ce n'est que bien plus tard que j'ai pris la mesure du rôle de premier plan que notre professeur d'histoire-géo, François Duprat, avait joué comme activiste au sein de l'extrême droite française au début des années 1970. En classe, François Duprat, myope, corpulent, chemise blanche et costume de lin noir, ne laissait rien paraître de ses multiples activités sulfureuses et, sous ses allures bonhommes et ses cheveux en bataille, personne n'aurait pu soupçonner qu'il entretenait des liens avec plusieurs services secrets étrangers et que, selon certaines rumeurs, il aurait même joué double jeu comme informateur des Renseignements généraux. À l'Ermitage, nous ignorions tout cela. Il ne faisait aucune allusion à ses activités extrascolaires et je garde pour ma part le souvenir d'un professeur plutôt débonnaire et parfois caustique. Il était capable, d'un seul trait, de dessiner au tableau noir la carte complète de l'Europe, puis d'y ajouter les principaux axes fluviaux, avant de jeter la craie avec désinvolture dans la rigole du tableau avec une dextérité de basketteur myope qui rate à chaque fois ses paniers. À observer au quotidien son attitude désinvolte dans une salle de classe, le contraire de ce qu'on aurait pu attendre d'un homme d'ordre et de rigidité, il était impossible de soupçonner que le même homme était une figure éminente de l'extrême droite française, ancien militant de l'OAS, créateur du mouvement

Occident, puis d'Ordre nouveau. Un peu plus de cinq ans plus tard, en 1978, j'ai appris sa mort à la radio dans un attentat à la voiture piégée.

Cet automne-là, Frédéric Lehrer portait un pull à col roulé blanc et une veste en mouton retourné. Un après-midi, nous avons fait une fugue. Nous avons erré au hasard dans les rues de Maisons-Laffitte, et je ressentais une culpabilité diffuse de sécher les cours, ce qui ne m'était jamais arrivé, un sentiment de transgression véniel, la peur d'être surpris. Maisons-Laffitte était déserte en cet après-midi d'automne. Nous parcourions de longues allées boisées jonchées de feuilles mortes et de bogues de marrons aux pâles piquants hérissés. Nous sommes passés devant le bâtiment principal de l'Ermitage avenue Églé. La grille était ouverte, nous avons jeté discrètement un regard à l'intérieur du parc, en craignant d'être repérés. Nous ne nous sommes pas attardés, nous avons continué, nous ne savions pas vraiment où nous allions. À un moment, Frédéric Lehrer m'a dit qu'il avait le sentiment que nous étions suivis. Il s'est retourné à plusieurs reprises. Une Renault 5 blanche neuve a ralenti à une centaine de mètres de nous, et un homme en est descendu pour aller ouvrir un portail. Nous avons pressé le pas. Puis, comme nous arrivions en vue de l'hippodrome de Maisons-Laffitte, apercevant au loin sa haute silhouette silencieuse, le champ de courses abandonné derrière des barrières blanches, nous avons décidé de faire demi-tour.

De retour en ville, nous sommes entrés dans un bar-café PMU. Nous avons gagné l'arrière-salle sombre et enfumée où se trouvait un guichet pour enregistrer les paris hippiques. Le sol était jonché de milliers de confettis. Deux ou trois habitués, accoudés à des étagères, perforaient des tickets de tiercé avec des pinces à poinçonner. Un parieur, les lunettes relevées sur le front, étudiait avec soin un *Paris-Turf* ouvert devant lui, qu'il annotait avec un Bic. Nous n'avions jamais joué aux courses et nous aurions sans doute été bien incapables d'engager un pari, ne comprenant pas grand-chose à la marche à suivre. Mais, malgré tout, la tentation était grande de risquer quelques francs. Au point où nous en étions, n'était-ce pas le jour idéal pour ajouter le frisson du jeu à la transgression de la fugue ? Nous nous sommes approchés timidement du guichet et nous avons risqué cinq francs sur un cheval dont le nom nous amusait (j'essaie en vain aujourd'hui de retrouver le nom de ce cheval).

Puis, nous avons gagné la salle du café, Frédéric Lehrer a commandé une bière et j'ai pris un demi panaché.

Frédéric Lehrer était songeur, il paraissait inquiet, je remarquais qu'il surveillait la rue à travers la vitre.

Tu sais, mon père, dit-il, et il se tut, il ne poursuivit pas.

Quoi, son père ?

Il continuait de se taire, il jouait pensivement avec un sous-bock.

Il n'ajouta rien, mais je compris qu'il devait éprouver des sentiments ambivalents envers son père, cet homme qui vivait aux États-Unis, qu'il admirait sûrement et qui l'avait abandonné. Beaucoup d'élèves de l'Ermitage étaient fils ou filles de divorcés, de couples de comédiens ou de musiciens toujours en tournée qui n'avaient jamais le temps de les voir. En ce début des années 1970, on ne parlait pas encore de familles recomposées, mais la plupart de nos camarades pensionnaires avaient des demi-frères ou des demi-sœurs, ils étaient élevés par un seul de leurs parents ou par leur grand-mère comme Frédéric Lehrer, et beaucoup en souffraient secrètement. Ils avaient le sentiment d'avoir été délaissés, leurs parents les avaient en quelque sorte oubliés dans ce luxueux collège privé de Maisons-Laffitte, comme une valise à la consigne que personne ne vient plus rechercher.

Frédéric Lehrer alluma une Dunhill.

La cigarette à la bouche, plissant les yeux sous

la fumée, il sortit une enveloppe de sa poche, une longue enveloppe rectangulaire au papier bleuté, avec, en haut à gauche, un encart où était imprimé *BY AIR MAIL*.

Attends-moi ici, je dois aller poster une lettre.

Il ne me proposa pas de l'accompagner. Il se leva et sortit, je le vis s'éloigner dans la rue à travers la vitre. J'étais un peu décontenancé par son attitude. Lorsqu'il avait sorti l'enveloppe, j'ai aperçu fugitivement le nom du destinataire, W. H. Lehman, et une adresse aux États-Unis, à Washington D.C.

Je n'oublierai jamais les réveils à l'époque de l'Ermitage, quand je devais prendre le train à la gare Saint-Lazare le lundi matin pour rejoindre le collège aux premières heures du jour. Le réveil sonnait dans le froid et la nuit de ma chambre de la rue des Tournelles, et j'étais soudain violemment expulsé du sommeil. Je me levais, les paupières lourdes, j'allumais la lumière dans le couloir, et la brutale lumière électrique jaunâtre du corridor faisait baisser mes yeux encore fragilisés par la nuit. Je gagnais la salle de bain, somnambulique, je me lavais les dents, je me débarbouillais, je m'habillais. J'avalais un petit déjeuner, la gorge serrée, et déjà j'étais dans l'autobus 20, grelottant dans la nuit, avec ma valise de pensionnaire. J'avais quinze ans, j'étais encore un petit garçon, mais je jouais à l'adulte, ma voix commençait à muer, je fumais des Gauloises longues, je buvais de l'alcool, je jouais aux courses.

Un matin que le bus m'avait déposé Cour de Rome plus d'une heure avant le départ du train, je m'étais attardé dans le quartier. Je connaissais bien ce quartier de Saint-Lazare, le bureau de mon père se trouvait rue d'Anjou, et j'avais souvent arpenté les rues avoisinantes en plein jour. Je marchais au hasard. Le jour n'était pas encore levé, et, derrière les vitres illuminées des cafés, on devinait des silhouettes dans la lumière blafarde des néons. J'ai marché jusqu'à la bouche du métro Saint-Augustin, et je revenais sur mes pas sous une pluie fine quand, aux abords de la gare Saint-Lazare, je suis tombé sur Frédéric Lehrer. Coiffé d'un étrange bonnet en laine, un de ces trucs andins avec des cache-oreilles, il portait lui aussi sa valise de pensionnaire. Affligé chacun de notre valise de pensionnaire, nous avons poussé la porte embuée d'un café et nous sommes allés nous asseoir tout au fond de la salle, près de l'escalier qui descend vers les toilettes et la cabine téléphonique. Même à l'intérieur, l'atmosphère était humide, on a gardé nos manteaux. Un transistor, sur une étagère, diffusait les informations de 7 heures d'Europe n° 1. Au loin, dans la rue, se faisait entendre une sirène d'ambulance. Frédéric Lehrer a allumé une Dunhill, il a tendu vers moi l'élégant paquet rouge à bords dorés, mais j'ai préféré prendre une de mes Gauloises longues.

J'ai allumé ma cigarette, j'ai tiré une bouffée, et j'ai senti la fumée me monter dans le nez avec d'autant plus d'intensité que j'étais enrhumé ce matin-là. Je me souviens encore aujourd'hui du mélange de tabac et de café crème qui a envahi mes sinus, l'âcreté du tabac qu'adoucissait l'onctuosité un peu écœurante du café crème.

Frédéric Lehrer tira une bouffée de Dunhill et me laissa entendre que, cette année, il ne resterait pas à Paris pendant les fêtes, il irait sans doute passer Noël à Casablanca. Il ne m'en dit pas plus, il avait toujours aimé s'entourer de mystère. Qu'est-ce que Frédéric Lehrer allait faire à Casablanca ? Allait-il y retrouver son père ? Avait-il de la famille au Maroc ? Je l'ignore. Ce que je sais, c'est qu'il devait voyager seul, il n'était pas prévu que sa grand-mère l'accompagne.

J'ai encore une image de Frédéric Lehrer en tête, était-ce ce même matin de novembre ou de décembre 1973, Frédéric Lehrer qui joue au flipper, sa valise de pensionnaire rangée sous l'appareil. L'image est un peu ralentie dans ma mémoire, qui semble flotter à jamais dans les limbes abolis du passé. Chaque fois que la bille arrive en bas du plateau incliné, Frédéric Lehrer la relance avec un des flippers, et la bille remonte, zigzague entre les bumpeurs tandis que des centaines de points vont s'ajouter au compteur dans des crépitements de mitraille qui ne semblent jamais s'arrêter. Frédéric Lehrer, une Dunhill à la bouche, donne à l'occasion des petits coups secs du plat de la main sur les parois latérales de l'appareil. De nouveau, la bille redescend, et, se torsadant sur place, il réussit une belle fourchette dans un enchaînement souple et synchronisé des deux flippers, propulsant sèchement la bille vers le haut du plateau pour aller abattre un valet de pique sur une cible fixe. À la fin de la partie, il était plus que temps d'y aller, et nous avons quitté le café à la hâte. Nous avons pressé le pas sous la pluie dans la Cour de Rome, et nous avons couru dans l'immense salle des Pas perdus de la gare Saint-Lazare avec nos valises de pensionnaires pour ne pas rater le train de Maisons-Laffitte.

Il y avait, en ces temps de l'Ermitage, tant de choses que je ne nommais pas et que je n'ai jamais nommées. Ma vie faisait du surplace, le temps était une vaste coulée empêchée qui progressait au ralenti, parsemée, non pas de véritables blessures, mais de menaces permanentes. J'ai vécu, en pension, un présent perpétuel de meurtrissures et d'infimes vexations. Après la chambre des petits garçons tristes de la rentrée scolaire 1970, il y eut deux années scolaires particulièrement éprouvantes dans le dortoir de l'Annexe, que régentaient des « grands » qui se livraient à toutes sortes de pratiques humiliantes envers les plus jeunes, des brimades, des intimidations. Certes, il était très rare que les grands passent véritablement à l'action, mais une menace diffuse planait sur toutes les heures que j'ai passées dans le dortoir de l'Annexe. J'ignorais, à ce moment-là, qu'un jour j'écrirais des livres. J'ignorais qu'écrire des livres, au-delà du plaisir que j'y prendrais, serait un moyen de me préserver des offenses de la vie. Car si j'écris, si un jour je me suis mis à écrire, c'est peut-être précisément pour ériger une défense contre les arêtes coupantes du réel. C'est à l'Ermitage, au début des années 1970, que j'ai fait pour la première fois l'expérience de la dureté du monde. Avant, il y avait Bruxelles, et les eaux lumineuses de l'enfance. Mais comment l'aurais-je su à l'époque, alors que je ne savais même pas que j'écrirais un jour ? Il n'empêche. Après deux années sombres dans le dortoir de l'Annexe, la rentrée scolaire 1973 m'est apparue comme une soudaine embellie. J'avais enfin une chambre à moi dans cet internat de la rue d'Achères. J'avais la paix, je pouvais m'isoler, je pouvais fermer la porte de ma chambre. Je ne savais encore rien de la littérature, j'ignorais que c'était le moyen le plus sûr d'esquiver les blessures du réel, et, sur le moment, je n'avais absolument pas conscience que c'est sans doute là, au deuxième étage de cette maison de la rue d'Achères, dans cette petite chambre de vieille dame, aux meubles en chêne et aux rideaux coquets, que j'étais en train de faire pour la première fois l'expérience de ce glissement magique vers l'imaginaire si caractéristique de la création littéraire, lorsque, dans des décors extrêmement précis et parfaitement visualisés, j'invoquais mentalement des femmes ou jeunes filles que j'avais croisées dans la journée que je dénudais lascivement en pensées dans des scènes suggestives de plus en plus obscènes. Tandis que je me masturbais ainsi avec opiniâtreté dans l'obscurité de mon lit de la rue d'Achères, n'étais-je pas en train d'éprouver pour la première fois les plaisirs que me donnerait plus tard, plus savamment et plus légitimement, la littérature ? Ces invocations mentales primitives, pour ainsi dire avant-courrières, que je produisais ainsi, soir après soir, dans mon lit de la rue d'Achères, n'avaient-elles pas la même substance, purement mentale, que les grandes scènes ultérieures des romans que j'allais écrire ? Je n'utilisais certes pas l'encre et le papier pour recueillir ces pieuses implorations, mes fantaisies sexuelles restaient dans le domaine de l'esprit et ne laissaient de traces tangibles que dans le mouchoir en tissu blanc dont je me servais, que je disposais avec amour en colinette autour de mon gland échauffé au moment d'éjaculer, et que je rangeais ensuite, en boule, clandestinement, dans le tiroir du bas du meuble de ma chambre. Un jour que je faisais du rangement, je suis tombé sur ce mouchoir, et je l'ai déployé devant moi pour l'examiner un instant à la lumière du jour. Ah, la belle prise que j'avais exhumée là ! Gorgé de sperme sec, raidi de semence sédimentée, la chose, qui tenait quasiment debout toute seule, présentait une couleur jaunâtre, ou plus exactement ambrée, et même marbrée, avec quelques filons plus sinueux, qui traversaient sa surface comme des veines dans un marbre de Carrare.

Il y eut un dernier repas dans la salle à manger de la rue d'Achères. Je revois très bien la scène. Un lustre est allumé dans la pièce. Les lourds rideaux sont fermés, le parquet est ciré, et nous sommes assis autour de la nappe blanche brodée. Je suis dos à la porte, avec Frédéric Lehrer en face de moi, de l'autre côté de la table. Le troisième pensionnaire est assis à ma droite, il disparaît dans l'ombre, il n'a pas de visage et ses yeux sont absents. Parfois, la porte s'ouvre et notre hôtesse entre furtivement et fait le service, débarrasse les assiettes et vient apporter le plat principal. Notre conversation s'interrompt un instant, puis, dès que la porte se referme, dès que nous sommes de nouveau seuls, nous nous remettons à parler. Cela va bientôt faire cinquante ans que cette scène a eu lieu, qu'elle s'est déroulée dans la réalité de ce mois de décembre 1973, sans doute le mercredi 19 ou le jeudi 20 décembre 1973. Avec le recul, je sais avec certitude que j'étais présent ce soir-là avec Frédéric Lehrer dans cette salle à manger de la rue d'Achères, et en même temps j'ai tout oublié de ce qui s'est passé pendant le dîner, j'ai tout oublié de nos visages adolescents, de nos attitudes, de nos gestes pendant le repas, des mots que nous avons échangés. C'est une scène qui, avec les années, s'est peu à peu estompée dans le brouillard du temps et qui a fini par s'effacer complètement de ma mémoire, dont je n'ai plus aucun souvenir ni impression ni trace, et, pourtant, je sais que cette scène a eu lieu et qu'elle était porteuse d'une signification qui la dépassait, comme un repère ou une anticipation aveugle, l'annonce, ou les prémices, d'un choc à venir, encore invisible. En tout cas, c'était la dernière fois que je voyais Frédéric Lehrer.

Au retour des vacances de Noël, Frédéric Lehrer n'est pas revenu à l'Ermitage. Il a sans doute dû avoir un contretemps, et je pensais qu'il allait réapparaître dans les jours suivants. Mais j'ai très vite ressenti une inquiétude. Je me suis mis à chercher des raisons qui pouvaient expliquer son absence. J'ai pensé qu'il avait peut-être rejoint son père aux États-Unis, et que son retour n'était que différé de quelques jours, ou de quelques semaines. J'avais l'impression que, dans l'école, il y avait une sorte de pudeur générale qui faisait qu'on n'abordait pas la question, ni en classe ni à l'internat, personne ne semblait remarquer l'absence de Frédéric Lehrer, on n'en parlait pas ou on ne voulait pas en parler. Une chose, dont je ne m'étais encore ouvert à personne, m'inquiétait particulièrement. Ce n'était pas très clair dans mon esprit, mais j'avais le souvenir qu'à la veille de Noël, j'avais entendu parler d'une catastrophe aérienne à la radio. Mais c'était très vague, je n'avais aucun détail et aucune certitude. Dans les jours suivants, je n'en avais plus entendu parler et j'avais essayé de ne plus y prêter attention. Je me souvenais seulement que cela avait instillé en moi un soupçon douloureux, mais rien de plus, j'ai très vite essayé de chasser cette idée noire de mon esprit, qui aurait établi un lien entre Frédéric Lehrer et cette très hypothétique catastrophe aérienne.

Mais, avec le temps, mon inquiétude s'est renforcée.

Les jours passaient, et le retour de Frédéric Lehrer se faisait toujours attendre, sa chambre demeurait vide rue d'Achères, et je ne pouvais m'empêcher de jeter un coup d'œil sur la porte fermée au fond du couloir chaque fois que j'arrivais au deuxième étage en haut des escaliers.

Ce n'est que le jeudi suivant, ne voyant toujours pas revenir Frédéric Lehrer (cela faisait dix jours maintenant qu'il aurait dû être de retour), que je me suis décidé à aller aux nouvelles. J'ai poussé timidement la porte du secrétariat, et j'ai expliqué à la secrétaire que mon camarade Frédéric Lehrer n'était pas revenu après les vacances de Noël. Je lui ai demandé si elle pouvait se renseigner, si ce n'est auprès de ses parents (je savais que Frédéric Lehrer n'entretenait plus de relations avec ses parents), auprès de sa grand-mère. J'évoquai, avec prudence, le fait que j'étais inquiet parce que j'avais entendu parler d'une catastrophe aérienne à la radio et que je savais que Frédéric Lehrer devait se rendre au Maroc à Noël, mais je n'avais aucune information sur le vol qu'il devait prendre et de quel aéroport il avait décollé. La secrétaire m'a dit qu'elle allait se renseigner, qu'elle allait appeler les aéroports d'Orly et du Bourget, et je me suis rendu à mon cours d'allemand.

À la fin du cours d'allemand, qui avait lieu au rez-de-chaussée de ce même bâtiment où se trouvait le secrétariat, j'ai commencé à entendre à travers la porte le bruit des voix des élèves qui arrivaient pour le cours suivant. Dans ce brouhaha de couloir confus, parmi les rires, les bribes de conversations et les exclamations étouffées, j'ai entendu de l'autre côté de la porte une voix qui disait :

— Qui est mort ?

La sonnerie de la fin des cours a retenti, et j'ai ressenti un grand vide, une sensation de froid dans la poitrine.

J'ai rangé mes affaires, lentement, j'ai glissé mes cahiers et mes livres dans mon cartable, tandis qu'une autre voix, derrière la porte, insouciante, répondait :

— Je ne sais pas, je ne le connaissais pas, un élève de première D.

27

Cela fait plus d'un mois que nous sommes confinés.

Je me lève très tôt, six heures, six heures et demie, et je rejoins mon bureau avec une tasse de café pour me mettre au travail. Mon bureau de Bruxelles a connu un destin erratique à travers les années. Je me souviens qu'à l'origine, quand nous avons emménagé dans cet appartement des étangs d'Ixelles à la fin des années 1990, c'était déjà mon bureau, puis c'est devenu la chambre des enfants, puis la chambre d'Anna seule, comme en témoigne encore une volumineuse bibliothèque de livres de design et de typographie, avant de redevenir mon bureau quand les enfants, Jean d'abord, puis Anna, sont partis vers d'autres horizons.

Mais un bureau où je n'ai jamais écrit de livre.

C'est, en somme, la première fois que j'écris à Bruxelles.

Le nouveau livre que j'ai commencé avance bien, il me surprend chaque jour davantage. Les pages s'accumulent, je ne me relis pas au jour le jour. Il sera toujours temps plus tard. Pour le moment, je vais de l'avant. J'écris quelques heures tous les matins, et l'après-midi je poursuis ma traduction de la nouvelle de Zweig.

J'ai le sentiment maintenant de m'être installé dans le confinement, de m'y être enfoncé, de m'en être douillettement enveloppé.

Depuis le début de la crise, je me réfugie dans l'écriture, j'essaie de me tenir à l'écart du monde. Cette attitude de retrait n'est pas nouvelle pour moi, elle m'a toujours été familière. Comme à l'époque des attentats de 2015 et 2016, je m'efforce de ne pas me laisser bousculer par l'actualité immédiate. J'ai décliné la plupart des propositions qui demandaient aux écrivains de donner leurs impressions sur la crise que nous sommes en train de vivre. De nombreux journaux, ces temps-ci, donnent la parole à des intellectuels pour les inciter à « penser la crise », à nous dire ce que pourrait être le monde qui succédera à la pandémie, à réfléchir à ce que sera *l'après*. Mais, mon sentiment — la seule intuition saillante qui me soit venue à l'esprit ces temps-ci —, c'est que la pandémie, loin de m'ouvrir de nouveaux horizons pour *l'après*, me renvoie en permanence à *l'avant*.

En vérité, je n'ai jamais cherché à « penser la crise ». C'est plutôt machinalement que je découpe, avec de grands ciseaux, les pages Idées du *Monde*, et que je les range, avec soin, sur ma table de travail dans une chemise à élastique beige. Je jette parfois un coup d'œil rêveur sur les titres de cette série d'articles, où revient comme un leitmotiv l'expression « Cette crise » : *Cette crise est la première d'un monde post-américain*, *Cette crise reflète la vision néolibérale de la santé publique*, *Cette crise peut nous permettre d'accéder à la vraie vie.* Hum, qu'aurais-je dit, moi, sur « cette crise » ? Je ne sais pas. Peut-être quelque chose comme *Cette crise me ramène à mon passé.* C'est peut-être en effet ce que je remarque de plus paradoxal : cette crise qui prépare assurément des temps nouveaux, cette crise qui devrait plutôt nous inciter à penser les grandes mutations de l'avenir me ramène toujours, pour ma part, aux heures lointaines de mon enfance et de mon adolescence.

Peut-être s'agit-il là d'un tropisme purement personnel, mais je me rends compte que, depuis le début du confinement, je suis sans cesse renvoyé en arrière dans le temps, comme sollicité par le passé dont il me semble entendre en permanence de faibles appels venus du lointain. À l'heure où on nous incite de toutes parts à réfléchir au futur, c'est vers le passé que je me tourne irrésistiblement. Je sens en permanence, dans mes rêveries ou dans ce que j'écris, le passé qui affleure.

Des sirènes inconnues m'appellent vers les grands fonds océaniques de mon adolescence, et je ne fais rien pour résister au charme de leur chant, à l'agrément de leurs lyres, je me laisse descendre avec délices vers les abysses, avec volupté, avec ivresse, je n'oppose pas de résistance, j'accompagne le mouvement du souvenir.

Mais j'ai bien conscience aussi qu'à écouter ces sirènes et à m'enfoncer ainsi toujours plus voluptueusement dans les profondeurs de la mémoire, c'est autant vers le passé que vers la mort que je me dirige — car on n'entreprend pas impunément une telle exploration dans les temps disparus —, et que, une fois le voyage commencé, la descente vers les abysses entamée, il ne faudra plus quitter ce rêve ou cette invocation, il ne faudra en aucun cas ouvrir les yeux et regarder tout en bas — au risque de l'effroi.

Car, aux confins de ces grands fonds, à travers les eaux troubles et indécises du souvenir, c'est le terme du voyage qui se profile et c'est le visage de ma propre mort que je risque d'apercevoir dessiné dans le sable.

28

À la fin de l'adolescence, j'ai disputé quelques parties d'échecs, l'été, avec mon père. Je me souviens très bien des parties que nous avons jouées au Portugal à l'été 1979. Nous jouions en général en fin d'après-midi sur la terrasse, une grande terrasse cernée de balustrades à colonnes qui entourait la maison. Nous avions installé l'échiquier sur une table basse en osier, parmi les fauteuils en rotin sur lesquels séchaient des maillots de bain et des serviettes de plage. Mon père était en chemise de coton bleu clair ouverte, en short de toile beige, les pieds nus dans des mocassins. La chaleur était lourde, étale, sur la terrasse ombrée. Après un rapide tirage au sort auquel procédait mon père (un pion dans chaque main, et il tendait les poings vers moi pour me laisser choisir), la partie commençait. Les premiers coups étaient absolument rituels. Nous ouvrions toujours, l'un et l'autre, du pion-roi, et l'autre répondait par le coup en miroir 1. e5. Ensuite, techniquement, les choses se gâtaient. Notre développement était presque toujours trop lent. Avant même d'avoir assuré nos arrières, nous partions, bannière au vent, investir la position adverse, et surtout — surtout —, nous ne roquions pas, nous ne roquions pas systématiquement, erreur irréparable. S'ensuivaient des positions enchevêtrées et complexes, construites sur de mauvaises bases, sur lesquelles nous réfléchissions pendant des heures. Nos parties étaient interminables. Nous n'avions pas fixé de limite de temps par coup, il ne nous serait même pas venu à l'idée à l'époque de jouer avec une pendule. Assis de chaque côté de l'échiquier, une main sous le menton ou la tête dans les mains, nous réfléchissions pendant des heures en silence. Une mouche, parfois, venait se poser sur la couronne d'un Roi, et nous l'écartions nonchalamment, d'un revers ralenti de la main, tout en continuant à réfléchir. Lorsqu'on relevait la tête de l'échiquier, on apercevait en contrebas les eaux turquoise de la piscine déserte derrière la balustrade. Au loin, dans la campagne, on entendait les stridulations de criquets invisibles. Absorbés par la partie, mon père et moi gardions les yeux fixés sur l'échiquier. N'ayant pas le moindre soupçon que le jeu que nous produisions était d'une grande médiocrité (au contraire, nous le croyions très profond, et mettions dans l'entreprise toutes les ressources de notre intelligence et de notre concentration), nous jouions ces parties avec une détermination farouche. L'enjeu réel de ces joutes était évidemment symbolique. Il était le père, j'étais le fils. Et je ne doute pas que, si mon père avait dû sentir un jour sa domination sur l'échiquier menacée, il aurait usé de toutes les ficelles psychologiques pour gagner, de l'influence insidieuse jusqu'à l'intimidation — mais, jusqu'ici, tout allait bien, il gagnait toutes les parties. La tension, pourtant, était souvent palpable. Nous nous levions parfois, les traits tendus, pour nous dégourdir les jambes et aller faire quelques pas sur la terrasse, boire un verre d'eau dans la cuisine, avant de nous rasseoir avec détermination devant l'échiquier et poursuivre notre réflexion. Même si nous étions en short, dans la gestuelle, dans la théâtralité et dans le cérémonial (dans absolument tout, excepté dans le niveau de jeu), c'était le championnat du monde d'échecs que nous disputions là.

Après le « match du siècle », sur fond de guerre froide, entre Fischer et Spassky qui avait convoqué tous les stéréotypes du genre — le génie solitaire américain flamboyant face à l'apparatchik soviétique —, s'est tenu au milieu des années 1980 l'autre duel emblématique du XXe siècle, le match entre Karpov et Kasparov.

J'ai assisté deux fois, physiquement, aux confrontations entre les deux joueurs. J'avais fait spécialement le déplacement à Londres à l'été 1986 pour assister au moins une fois dans ma vie à une rencontre de championnat du monde. Je me souviens encore de l'entrée en scène de Kasparov dans les salons du Park Lane Hotel, en costume gris foncé et cravate, s'avançant sur l'estrade, décidé, prêt à en découdre, les épaules carrées, trapu, une bête fauve, un lutteur de foire. Debout avec Madeleine dans le public à vingt mètres de distance, nous sentions les ondes agressives qui se dégageaient de son corps et de son regard noir, comme si elles se matérialisaient devant lui en vapeurs nocives et délétères, et je pouvais m'imaginer ce que cela pouvait représenter d'être assis devant un échiquier en face d'un tel individu. En attendant, je me tenais à l'abri dans l'ombre de Madeleine, ne passant qu'un œil circonspect par-dessus sa réconfortante épaule nue, sur laquelle je déposais parfois furtivement un baiser (nous étions encore jeunes mariés à l'époque). Je fus également présent au Palais des congrès de Lyon quelques années plus tard, en novembre ou décembre 1990, pour assister à l'une des dernières confrontations entre Karpov et Kasparov et observer les derniers feux échiquéens de leur duel légendaire qui aura duré plus de cinq ans.

Tout commence le 10 septembre 1984 à Moscou dans l'immense salle des colonnes de la Maison des syndicats. Les images d'archives aux pâles couleurs bleutées et délavées de l'arrivée des joueurs semblent issues d'un film d'espionnage d'Hitchcock, *Topaz*, un plan très large en plongée d'une voiture de police soviétique qui précède une limousine noire d'où descend Kasparov, puis, quelques instants plus tard, arrive une autre limousine, et c'est Karpov qui descend, resserre le col de son manteau grisâtre et s'engouffre dans le bâtiment sous les yeux du public massé derrière des barrières de sécurité en acier. Le match de 1984, pour la première fois dans l'histoire du championnat du monde d'échecs, n'est pas limité dans le temps, le vainqueur est le premier qui gagnera six parties, ce qui rencontre pour moi un écho saisissant avec l'intrigue de mon roman *Échecs*, qui racontait l'histoire d'un championnat du monde d'échecs dont serait déclaré vainqueur le gagnant de dix mille parties.

La coïncidence entre mon livre et la réalité du match Karpov-Kasparov, d'abord simplement anecdotique, prit pour moi une dimension prémonitoire à mesure que le match se prolongeait, et même, comme dans mon livre, à proprement parler, s'éternisait. Au début, mieux préparé, Karpov a rapidement mené 4 à 0, puis 5 à 0, il ne lui manquait plus qu'une victoire pour rester champion du monde. Mais c'est à ce moment-là que Kasparov, temporisant et changeant de stratégie, est parvenu à maîtriser ses émotions et s'est mis à accumuler les parties nulles, partie nulle sur partie nulle, puis, à la surprise générale, Kasparov, lentement, a commencé à remonter la pente, 5-1, 5-2, 5-3, jusqu'à ce que les officiels soviétiques, de plus en plus pâlissants, voyant Karpov s'effondrer psychologiquement, finirent par inciter le président de la Fédération internationale d'échecs à annuler le match (pour, selon la version officielle, préserver la santé des joueurs). Quarante-huit parties avaient été disputées, le match avait commencé depuis six mois.

C'est à ce moment-là, au Portugal, que, ayant déjà perdu quatre parties d'affilée contre mon père, j'ai compris, à l'instar de Kasparov, qu'il fallait que je change quelque chose dans ma manière d'aborder ces parties. Sans deviner encore l'étendue infinie du territoire sur lequel j'allais m'aventurer, j'ai commencé à soupçonner que le jeu d'échecs s'appuyait sur des connaissances théoriques, auxquelles je pourrais moi-même, peu à peu, accéder. Ce n'était sans doute pas aussi facile qu'aujourd'hui, où toute la connaissance théorique échiquéenne est disponible sur internet, mais il existait déjà à l'époque de nombreux livres d'échecs susceptibles de guider l'amateur éclairé sur les grands principes du jeu. Il n'y avait évidemment pas de tels livres théoriques dans la maison du Portugal, un bref regard sur les étagères du salon me suffit pour m'en rendre compte, mais je dénichai, dans une pile de magazines qui traînaient sur la table de nuit de mes parents, parmi un étui à lunettes et une boîte d'Alka-Seltzer, deux ou trois exemplaires de *L'Express*, où l'écrivain Arrabal tenait alors une remarquable chronique échiquéenne. Cet été-là, il avait inauguré une nouvelle rubrique interactive, où il permettait à l'amateur éclairé, pas à pas, de rejouer des parties de grands maîtres, puisant à l'envi dans le répertoire du match Fischer-Spassky de Reykjavik, dont la comète flamboyante venait de passer dans notre ciel. On pouvait ainsi essayer, en cachant la réponse, de retrouver le coup que Fischer avait joué dans la réalité. Était-ce là une édition étrangère de *L'Express*, ou quelque édition réservée aux abonnés, mais je me souviens que les pages du magazine étaient extraordinairement fines, avec un papier lisse et léger qui avait la consistance de ces grandes enveloppes rectangulaires qu'on trouvait à l'époque avec la mention *BY AIR MAIL*.

Ainsi, tous les matins, dans ma chambre, à peine levé, je me consacrais aux échecs. Allongé sur mon lit, les pieds en espadrilles qui battaient la mesure derrière moi, j'étudiais attentivement les chroniques d'Arrabal, le lourd échiquier que j'avais emporté de la terrasse disposé à côté de moi, en équilibre incertain sur les vaguelettes de tissu que formaient les draps de coton blanc de mon lit défait. C'est ainsi que j'ai découvert, dans le répertoire des grands maîtres où allait puiser Arrabal, qu'il était possible de commencer une partie d'échecs autrement que par 1. e4 e5.

Un des après-midi suivants, à l'heure rituelle de la partie d'échecs avec mon père, je me suis présenté sur la terrasse en traînant mes espadrilles sur le dallage, et, fort d'une préparation maison repérée dans les chroniques de *L'Express*, lorsque mon père ouvrit la partie par 1. e4, j'ai répondu par 1. c5. Je venais de découvrir un nouveau continent, la défense sicilienne. Mon père leva les yeux vers moi, surpris, importuné, se demandant ce qu'était cette toquade. Il ne m'avait jamais vu jouer ce coup (mais il n'avait rien d'illégal, je ne vois pas comment il aurait pu s'y opposer). Il releva une nouvelle fois la tête vers moi, et il finit par jouer 2. Cf3, après une réflexion peut-être un peu plus longue que d'habitude. Je ne connaissais, à l'époque, de la théorie de la défense sicilienne, que cet unique coup 1. c5. J'avais également remarqué, dans les parties étudiées dans *L'Express*, que les grands maîtres roquaient systématiquement dès l'ouverture. Je m'appliquai donc, ce jour-là, à roquer le plus vite possible. La partie venait de commencer. De temps en temps, moi-même surpris, je regardais ce pion c5 isolé à l'aile-dame, solitaire, hétérodoxe, dont les intentions sous-jacentes, s'il en avait, m'échappaient encore largement. Mais, comme par enchantement, ayant roqué, ma position, ce jour-là, s'avéra beaucoup plus solide que d'habitude. Pour le reste, je n'avais rien changé à mon jeu, enchaînant de rudimentaires objectifs tactiques sans grande visée stratégique, que mon père éventait facilement. J'ai beau tendre l'esprit, je ne me souviens plus du déroulement de cette partie jouée en cet après-midi d'août 1979. Je ne revois que le cadre dans lequel la scène s'inscrivait, ce coin de terrasse brûlant et l'échiquier posé entre nous sur une table basse en osier, où la position inextricable de nos pièces apparaissait dans la brume de la fumée de nos cigarettes. La partie était beaucoup plus indécise que d'habitude. Jamais aucune partie ne dura aussi longtemps entre nous. Nous dûmes même l'interrompre pour dîner. Comme les grands maîtres qui, à l'issue des quarante coups réglementaires, glissent le coup suivant dans une enveloppe scellée, nous faisions pour la première fois l'expérience de l'ajournement.

Après le dîner, nous sommes revenus terminer la partie sur la terrasse, on finissait encore de manger une pêche en se rasseyant. La nuit était tombée, et nous jouions maintenant à la seule lueur d'une lampe à abat-jour restée allumée dans le salon, dont la lumière nous parvenait à travers la porte-fenêtre restée ouverte. L'échiquier était dans la pénombre, les rares pièces encore en jeu dansant lentement sur le plateau presque vide et clairsemé, tanguant dans les lueurs vacillantes de la flamme de la bougie que nous avions apportée en appoint. Mon père était en difficulté, j'avais un pion de plus et le sort de la partie pouvait se décider d'un moment à l'autre. Je regardais mon père, le visage tendu dans le clair-obscur, en chemise bleu clair, les cuisses nues dans son short, sa cigarette à la main, des mocassins aux pieds. Il ne me regardait plus, il cherchait une suite tranchante, un coup inespéré, un sacrifice pour s'en sortir, une embrouille providentielle. Contrairement à moi, qui apprécie, je crois, vraiment le jeu d'échecs, mon père n'aimait pas jouer aux échecs, il aimait *gagner* aux échecs.

En réalité, et je ne le compris que plus tard, mon père ne pouvait pas perdre la partie ce soir-là. Il était inconcevable que mon père me laisse jamais gagner une partie d'échecs contre lui. Et, ce soir-là encore, très tard dans la soirée, il a fini par gagner.

29

C'est encore au Portugal, cette année-là. C'est le soir, nous sommes une grande tablée sur la terrasse d'un restaurant de poulets à la portugaise, mes parents, ma sœur, quelques autres silhouettes à peine esquissées, des amis de mes parents sans doute. Il y a là, en plein air, sous les lanternes, un grand four en pierres naturelles où les cuisiniers enfournent des poulets entiers. L'air est tiède sur la terrasse, presque chaud, on sent la chaleur de l'âtre contre ses joues. Au fond du four, répartis les uns à côté des autres sur les grilles du barbecue, des poulets ouverts en deux par le milieu, aplatis à la crapaudine, cuisent dans des crépitements de braises. Des étincelles enflammées s'échappent du four, qui virevoltent lentement autour de nous. Je devine des reflets rougeoyants qui parcourent les bras des convives, qui dansent sur la nappe, courent sur le front de mes parents. Il y a du brouhaha sur la terrasse, des serveurs slaloment et circulent entre les tables, ils apportent des bouteilles de *vinho verde*, posent devant nous des raviers de frites et de salades, de grandes assiettes de morceaux de poulets coupés en deux, dorés, croustillants, poudrés d'épices orange cramoisi. On bavarde, on rit. J'ignore de quoi on parle, je n'ai plus aucun souvenir de la conversation et du contexte dans lequel la phrase a pu être prononcée, mais soudain mon père, son verre de vin à la main, penché en arrière sur sa chaise, soupirant d'aise en cette chaude soirée d'été, dit : « Ah, moi, j'aimerais bien que mon fils devienne écrivain. »

Et la phrase est restée à jamais gravée dans ma mémoire.

En réalité, j'y ai encore souvent réfléchi par la suite, cette phrase, qu'il a sans doute prononcée ce soir-là à la légère, sans se rendre compte de l'importance ultérieure, décisive, qu'elle prendrait dans ma vie, je pense qu'il l'a dite de son point de vue à lui, et non du mien, c'est à lui-même qu'il pensait, en se disant qu'il se verrait bien avoir un fils écrivain (ce serait là un bel hommage que les dieux lui rendraient, quelque chose comme un ruban à sa boutonnière, une rosette qu'il serait fier de porter).

Mais, c'était l'été 1979, c'est l'été où j'ai lu pour la première fois *Crime et châtiment*, c'est l'été où des Parques invisibles tissaient dans l'ombre les fils de mon destin, c'est l'été où tous les astres de mon ciel étaient en train de s'aligner pour aboutir à une conjonction de facteurs exceptionnellement favorables. Et, moi qui n'avais jamais écrit, moi qui n'avais même jamais pensé devenir un jour écrivain, un mois plus tard, je me mettais à écrire.

Mais j'ai soudain un doute maintenant. Était-ce

bien, comme je l'ai toujours cru, la lecture de *Crime et châtiment* qui a été à l'origine de mon passage à l'acte d'écrire ? N'est-ce pas plutôt cette phrase anodine prononcée par mon père pendant ce dîner à l'été 1979 au Portugal, et spécialement l'autorisation tacite qu'elle contenait, qui a été le véritable déclic décisif dans le fait que je me sois mis à écrire ?

Mon père, à cette époque, était un journaliste influent en Belgique, directeur du *Soir* de Bruxelles, une personnalité reconnue, bien introduite auprès de la classe politique et habituée des plateaux de télévision. Il fut le premier, quelques années plus tard, à me conférer le statut, combien précieux et sacré à ses yeux, d'écrivain, et il s'est certainement réjoui de l'accueil qu'ont reçu mes premiers romans. Il vivait d'autant mieux les succès de son fils qu'il avait lui-même une vie intense et épanouie à Bruxelles à ce moment-là. Mais, en octobre 1989, quand Robert Hersant est entré dans le capital de Rossel, menaçant la souveraineté du journal, mon père a démissionné du *Soir* pour préserver l'indépendance de sa rédaction. Mon père avait non seulement des principes, mais il avait du cran et de l'intransigeance. En attendant, après avoir démissionné avec fracas, il s'est retrouvé complètement désœuvré à moins de soixante ans. Il s'en est suivi une période plus incertaine, où il n'a pas réussi à créer le grand journal européen dont il rêvait. Disposant dès lors de beaucoup plus de temps, il s'est consacré à l'écriture de plusieurs romans.

Par la suite, il n'est pas sûr qu'il ait toujours eu à se réjouir de m'avoir ainsi ouvert la porte, ou tout du moins de ne pas m'avoir barré symboliquement le passage. Difficile de dire si je serais quand même devenu écrivain si mon père m'avait signifié d'une manière ou d'une autre qu'il préférait que je ne m'aventure pas sur ce terrain de l'écriture, qui était le sien.

Cela n'a sans doute pas dû être confortable pour lui tout le temps d'avoir un fils qui réalisait ce que lui-même avait toujours rêvé secrètement de faire. Mais, je dois dire que mon père a toujours été pour moi un soutien indéfectible dans mes tentatives littéraires. Car, tandis que les éditeurs refusaient mes manuscrits les uns après les autres, mon père a été le premier à me dire, avec solennité, en juillet 1984 dans le jardin de la maison d'Erbalunga, que j'étais un écrivain. Je savais qu'il ne le disait pas à la légère, je savais ce que cela représentait pour lui de dire que j'étais un écrivain.

Finalement, mon père s'est habitué au fait que j'écrive. Mais « un petit pincement », selon son expression, a toujours accompagné chez lui la lecture de mes livres, c'est de ne jamais y apparaître lui-même, au moins pour une apparition fugitive, comme la mère dans *La Salle de bain* par exemple. Non seulement, cela lui faisait de la peine de ne pas apparaître dans mes livres, mais il ne pouvait s'empêcher de faire pression sur moi en insistant plus ou moins lourdement pour que j'y remédie dans un prochain livre, ce qui était naturellement assez contre-productif. Ma mère, pour l'apaiser, avec douceur et une absolue clairvoyance, lui disait qu'il apparaîtrait sans doute dans mes livres quand il serait mort. Je ne sais pas si cela lui a été d'un grand réconfort. Mais il est vrai que depuis qu'il est mort, mon père est omniprésent dans mes livres. Je ne peux d'ailleurs m'empêcher de penser que cette subtile dialectique, qu'il faut d'abord mourir avant d'apparaître dans mes livres, n'aura pas échappé à la sagacité de ma mère, qui doit maintenant osciller avec délice entre deux perspectives également savoureuses pour elle, soit continuer à vivre, activité à laquelle elle s'est toujours livrée avec délectation — elle a encore des projets pour les cinq ans à venir —, soit mourir, hélas, en sachant toutefois pertinemment que je parlerai aussitôt d'elle dans mes livres (ce qui pourrait même constituer une consolation de choix au regret de devoir nous quitter).

Inutile de dire que mes parents furent profondément touchés lorsque, en 2012, je leur ai dédié *L'Urgence et la Patience.*

Mon père m'a écrit une longue lettre, qui commençait par ses mots : « Voilà, j'ai lu. Et j'ai mélangé des sourires et des larmes à l'œil, comme quand on s'épanouit, parfois, sous un mélange de pluie et de soleil. »

Dans cette lettre, très émouvante, que mon père m'a écrite un an et demi avant sa mort (où l'a-t-il écrite, d'ailleurs, cette lettre, dans son bureau au troisième étage de la maison de l'avenue des Klauwaerts ?), il fait allusion à la fameuse scène d'adoubement en Corse à l'été 1984, même s'il n'en a pas exactement la même vision que moi et qu'il la situe à Corte, alors que je la vois plutôt à Erbalunga :

> Tu t'en souviens ou pas mais un après-midi, assis dans une prairie non loin de Corte et ayant achevé la lecture du manuscrit de *La Salle de bain*, je t'ai dit sur un ton sinon sentencieux, du moins solennel : « Je ne sais pas si tu seras publié, mais je peux te dire que tu es un écrivain. » Il faut imaginer ce que cela signifiait pour moi. Écrivain, c'est ce que j'avais voulu être depuis l'enfance. À l'époque,

je ne désespérais pas tout à fait de me rapprocher de ce statut magnifique. Moi, « pauvre enfant des faubourgs de Brooklyn », comme il est dit dans *La Résistible ascension d'Arturo Ui* ! Mais voilà qu'en tout état de cause j'avais conçu un écrivain, j'avais déposé la petite graine.

Je relis parfois cette lettre, toujours avec émotion. Il y a une phrase en particulier, à la fin de la lettre, où je ne peux m'empêcher de penser que, au moment où il l'écrivait, il pensait à sa propre mort, comme si, de son vivant, il voulait m'adresser à distance quelque signe déjà posthume : « Je ne suis d'ailleurs jamais loin de toi. Je ne le serai jamais. »

Et la dédicace ? Madeleine peut en témoigner, je ne parvenais pas à la déchiffrer car mes lunettes glissaient le long de mon nez. Quand je parvins à distinguer les mots, il me semble que je rougis. C'était ce que j'avais de mieux à faire. En tout cas tu m'avais, du même coup, guéri du petit pincement au cœur relatif à ce que, jamais, je ne traverse ton récit, ne serait-ce que comme une ombre sur le mur, un fantôme discret, un figurant attendri, un clin d'œil. Comme une mère, par exemple, ou une sœur, un grand-père, une Madeleine... Je suis pourtant certain que je n'étais pas loin. Je ne suis d'ailleurs jamais loin de toi. Je ne le serai jamais.

30

Depuis quelques jours, je me suis remis aux échecs. Je suis allé chercher mon échiquier et la vieille boîte de pièces Staunton dans le placard de l'entrée et je les ai disposés sur ma table de travail pour rejouer des parties de grands maîtres. Le soir, je feuillette rêveusement *Mon système* de Nimzovitch dans le fauteuil bleu de mon bureau.

J'ai maintenant l'intuition que les échecs pourraient être le fil rouge de ce nouveau livre que je suis en train d'écrire. Je suis en train de comprendre que le jeu d'échecs, qui refait aujourd'hui surface dans ma vie à la faveur du confinement, pourrait non seulement me donner accès à de multiples épisodes enfouis et oubliés de ma jeunesse, mais pourrait même être une clé susceptible d'éclairer la genèse de ma vocation littéraire.

Les échecs — leur symbolique, leur romantisme, leur abstraction rassurante — ont toujours été intimement mêlés pour moi à l'écriture. Ils sont le sujet de mon premier roman, *Échecs*. Et, depuis que j'ai donné ce même titre, *Échecs*, à ma traduction de la nouvelle de Zweig, les deux textes se rejoignent dans mon esprit dans une boucle temporelle vertigineuse.

Je commence ainsi à prendre conscience que, si je continue à tirer sur ce fil — le fil du jeu d'échecs —, c'est toute la pelote de ma vie qui pourrait se dévider, se débobiner et se dérouler dans ces pages. Un large pan de mon passé enfoui reviendrait à la vie. Ce seraient les feux des parties d'échecs jouées avec mon père au Portugal qui se rallumeraient soudain sur la scène de ce livre. Ce seraient les lieux de mon enfance à Bruxelles qui sortiraient de la gangue de brouillard où ils étaient depuis si longtemps ensevelis que je verrais s'incarner sous mes yeux dans une évocation purement littéraire. Car les lieux de notre enfance n'appartiennent plus au monde matériel, ils sont devenus une composante du temps, et ce n'est qu'en moi-même que je pourrais les retrouver, ce n'est que par l'écriture que je pourrais les faire revivre.

31

Il y a, je crois, une géographie de la mémoire.

Ce sont les lieux, beaucoup mieux que les dates, qui laissent le passé faire soudain irruption dans le présent pour nous permettre de retrouver un instant, intacte et inchangée, l'essence même de ce qui est à jamais disparu.

Je ne sais plus comment j'ai appris à jouer aux échecs. Je ne me souviens que d'un lieu, un lieu sorti de tout contexte, un lieu que je suis incapable de situer avec précision dans l'espace, mais qui doit se trouver quelque part dans ce périmètre de mon enfance, périmètre autant fantasmatique que réel, qui irait de la rue Jules Lejeune à la rue du Bailli, et serait délimité à l'ouest par la place du Châtelain et à l'est par l'avenue Louise. Un lieu, qui serait, géographiquement, davantage situé dans le passé que dans l'espace.

Ce lieu fantasmé, rêvé ou reconstruit, je le situe, hors de toute vérification rationnelle, dans la maison de Thierry Degulne, mon plus ancien ami d'enfance.

La mère de Thierry Degulne tenait un magasin dans une rue proche de la rue du Châtelain, la rue de Livourne peut-être. Une papeterie, je crois, mais le souvenir reste très embrumé. La famille de Thierry Degulne occupait plusieurs pièces dans le prolongement du magasin, et c'est là, dans cette maison, un jour des années 1960, je devais avoir sept ou huit ans, que se situe mon premier souvenir d'échecs, souvenir certainement pas inventé, mais dissous, dilué dans le temps, et devenu totalement partiel et lacunaire.

Ce dont je me souviens avec précision, c'est d'une véranda.

C'est tout, c'est peu.

C'est la conjonction d'un échiquier et d'une véranda qui constitue mon plus ancien souvenir d'échecs.

Je n'ai même pas une vision très claire de cette véranda. Dans mon esprit, elle donne sur une cour, je devine un morceau de toit et quelques branchages de marronnier sur fond de ciel gris. J'ignore s'il y avait d'autres personnes présentes autour de moi ce jour-là dans la pièce, elles sont toutes effacées de ma mémoire — et même plus qu'effacées, jamais inscrites, jamais fixées dans ma mémoire, inconçues.

C'est comme si aucun adulte n'avait jamais été présent dans cette scène initiale — et, si Thierry Degulne était présent à mes côtés ce jour-là, je n'en garde aucun souvenir.

Dans mon souvenir, je suis assis — tout seul — à une table en face d'un échiquier, avec une véranda et des branchages de marronnier dans mon champ de vision. La précision du souvenir tient à cette conjonction très particulière entre un échiquier et une véranda. J'ignore pourquoi cette véranda est associée à ce souvenir et pourquoi elle est restée gravée à jamais dans ma mémoire, mais je sais que derrière l'échiquier originel, se dresse la transparence un peu maculée et sale d'une véranda, à travers laquelle on aperçoit des branchages de marronnier.

J'ai sept ans, et je suis assis là tout seul en face d'un échiquier. C'est sans doute une table de cuisine, mais je ne cherche pas à reconstituer la scène dans sa véracité ni même sa vraisemblance. Je cherche à en retrouver la vérité, aussi lacunaire soit-elle. Je n'ai même pas de souvenirs visuels de la scène. À part cette véranda, je ne me souviens de rien de l'endroit où je me trouve, je ne me souviens pas de l'échiquier qui est en face de moi, je ne revois rien de tout cela, je n'ai aucune idée de la taille que pouvait avoir l'échiquier ni en quelle matière pouvaient être les pièces. Je n'ai que des souvenirs abstraits de cette journée.

Mais je me souviens d'une chose avec précision, c'est de ce jour-là que date ma découverte de la marche du Cavalier. Je me souviens de l'émerveillement intellectuel, du pincement d'admiration que j'ai éprouvé en me rendant compte que le Cavalier, seule pièce de l'échiquier qui pouvait sauter les obstacles, se déplaçait en L, avançait de deux cases, puis bifurquait, perpendiculairement, sur la droite ou sur la gauche, délice géométrique qui ouvrait à mon esprit des perspectives harmoniques insoupçonnées. C'est aussi ce jour-là, à sept ans, que j'ai dû prendre conscience de l'étendue du continent des échecs et des milliards de parties différentes qui pouvaient être jouées, 10^{120} selon l'estimation du mathématicien

Shannon. Et, sans doute pris de vertige, regardant l'échiquier posé devant moi sur cette table, comme devant la mer, j'ai eu pour la première fois un aperçu de l'infini.

Je me rends compte aujourd'hui, quand je repense à cette période de mon enfance à Bruxelles dans les années 1960, que je n'ai aucun souvenir d'un quelconque jeu d'échecs qui daterait de cette époque, qui m'aurait appartenu et que j'aurais rangé dans ma chambre de la rue Jules Lejeune. Je ne trouve pas non plus, dans ma mémoire, quelque chambre retirée du monde où je me serais isolé pour jouer aux échecs avec mes camarades de classe. Ai-je joué aux échecs pendant cette période ? Peut-être, mais je n'en garde aucun souvenir. Un seul souvenir me revient, mais qui a moins trait aux échecs qu'à l'infini. Je me souviens qu'un jour, notre instituteur, pour nous donner un aperçu de l'aspect démesuré du savoir humain, nous a montré l'espace vide de la salle de classe autour de nous et nous a expliqué que la totalité des connaissances que nous pourrions un jour acquérir dans notre vie n'excéderait jamais un seul point de l'espace qui nous entourait. Il y a donc, dans ma vie, au regard du jeu d'échecs, d'immenses terres aveugles, où je n'ai aucun souvenir d'avoir joué aux échecs, ni même d'avoir possédé moi-même un jeu d'échecs, fût-ce en plastique, incomplet, un de ces jeux d'enfant éclopés avec des ersatz de pièces, où des petites boules de papier, des vieux boutons, un dé à coudre, remplacent les figurines manquantes. C'était comme si, de 1963, à Bruxelles, quand je suis entré à l'école primaire, à 1975, quand j'ai passé le bac à Paris, j'avais vécu dans d'immenses contrées où le jeu d'échecs n'avait pas sa place et où jamais rien ne m'avait relié d'aucune façon à lui. À part ce souvenir originel de véranda et de lointaines réminiscences du championnat du monde de Reykjavik entre Fischer et Spassky qui a nourri mon imagination à l'adolescence, je n'ai aucun autre souvenir d'échecs pendant ma jeunesse. Il faudra attendre l'été 1979 pour que le jeu d'échecs réapparaisse clairement dans ma mémoire avec les parties d'échecs que j'ai jouées avec mon père au Portugal.

32

Entre ces deux jalons, scintille quand même une faible, une très faible luminosité, qui correspond à l'année scolaire 1969-1970. C'était ma dernière année à Bruxelles. Dès septembre 1970, mon père a été nommé correspondant du *Soir* à Paris et toute la famille a déménagé en France. Cette année-là, je suis entré en sixième « latin-maths », comme on disait à l'époque, à l'Athénée Robert Catteau, avec quelques camarades de l'école de la rue Américaine qui ont suivi le même parcours que moi, toujours les mêmes, Thierry Degulne, Philippe Warnecke, Dominique D.

À l'Athénée Robert Catteau, il y avait un club d'échecs. En général, j'ai plutôt une bonne mémoire, mais je n'ai plus aucun souvenir du club d'échecs de l'Athénée Robert Catteau. Je ne me souviens d'aucune salle liée à ce club d'échecs, d'aucun visage, d'aucune table de tournoi et *a fortiori* d'aucune partie que j'aurais pu jouer là il y a cinquante ans. Je ne me souviens pas du tout à quoi pouvaient ressembler les pendules que nous utilisions dans ce club d'échecs, quelle était leur matière, leur texture, en bois ou en plastique. La pendule d'échecs a pour fonction de mesurer le temps de réflexion des joueurs. Comme celui de la vie humaine, le temps d'une partie d'échecs est limité, qui s'écoule dans le murmure de son tic-tac inexorable. Un ingénieux dispositif vient encore renforcer le supplice, qui fait se soulever un petit drapeau rouge à l'intérieur de la pendule, qui se soulève toujours davantage à mesure que le temps passe, se stabilise en équilibre fragile et menace de tomber, sa chute scellant la défaite, et, métaphoriquement, la fin de la vie, du joueur dont le temps imparti est écoulé. C'est à cette époque que j'ai pris conscience pour la première fois du rapport symbolique très étroit que le jeu d'échecs entretient avec la mort. Les échecs, c'est, bien sûr, par l'intermédiaire du mat (*al-shah mât*, « le roi est mort »), la mise à mort symbolique du Roi adverse, du père, de l'adversaire, mais c'est aussi l'expérience, concrète, de sa propre mort, et la peur qu'elle peut susciter déjà bien en amont de l'issue fatale, lorsque nous sommes en manque de temps et que, dans l'agitation et l'inquiétude, le regard errant sur l'échiquier et jetant un coup d'œil anxieux sur la pendule, on se rend compte que le temps qui nous est imparti se réduit comme peau de chagrin et que le drapeau de notre pendule ne va pas tarder à tomber.

33

Un autre souvenir me revient, un souvenir douloureux qui concerne Dominique D. C'est à Paris, un vendredi soir, au tout début de l'année 1971. J'ai treize ans, et je viens de rentrer de l'Ermitage. Une lettre m'attend dans ma chambre. Je l'ouvre, je la lis et je reste sans réaction. À pas somnambuliques, je vais rejoindre ma mère dans la cuisine de la rue des Tournelles, la lettre à la main, et je lui dis d'une voix blanche, le regard vide, que mon ami Thierry Degulne vient de m'apprendre que Dominique D. est mort à la montagne d'un accident de ski. Je pensais que ma mère allait me consoler, poser une main sur mon épaule ou me prendre dans ses bras, mais elle reste sans réaction, comme pétrifiée dans la cuisine. Sans doute, dans cette nouvelle, comme quelques années plus tard lorsque je lui apprendrais la mort de Frédéric Lehrer, c'est ma propre mort que ma mère a dû apercevoir dans le fil de ces destins brisés.

Que nous disent, à travers le temps, ces jeunes morts qui ont été mes amis ?

Que reste-t-il à présent du visage de Dominique D. ? Que reste-t-il, après cinquante ans, de son visage ? Qu'en demeure-t-il aujourd'hui de manière organique, que sont devenus ses chairs, sa peau et ses cheveux ?

Et dans mon souvenir, que subsiste-t-il de Dominique D. ?

Pour retrouver ses traits, j'essaie de visualiser mentalement une vieille photo de classe de l'année scolaire 1969-1970 qui avait été prise dans le hall de l'Athénée Robert Catteau, deux ou trois rangs d'élèves disposés autour de notre professeur de mathématiques. Je ne revois que quelques taches de couleur, le vert d'une écharpe, le beige d'un pull-over, des teintes jaunies délavées par le temps. Mais je ne revois pas Dominique D. Malgré mes efforts, je ne parviens pas à faire réapparaître son visage. Je me souviens seulement que Dominique D. était de petite taille, et cela m'émeut soudain de penser que ce petit garçon mort depuis si longtemps mesurait moins d'un mètre cinquante. Le visage de Dominique D. me revient alors en mémoire, son front, très pâle, ses cheveux blonds, légèrement bouclés, son sourire timide, ses petites dents, et le blanc côtelé de la laine du pull-over tricoté par sa grand-mère qu'il portait à l'école.

34

Cela va bientôt faire sept semaines que nous sommes confinés.

À Bruxelles, il n'est pas nécessaire de remplir une attestation pour sortir. Nous pouvons aller et venir librement. Souvent, l'après-midi, après avoir consacré une heure ou deux à la traduction de la nouvelle de Zweig, je sors faire une promenade.

Je perçois un calme inhabituel dans le quartier, peu de voitures dans les rues.

Le monde, autour de moi, ma rue, les abords des étangs, semblent assoupis et comme anesthésiés. Au loin, dans une brume laiteuse, je vois errer quelques personnes isolées dont le bas du visage est recouvert par un masque chirurgical bleu clair ou une pièce de tissu noir aux motifs fleuris qui couvre leur menton. Rien de plus, mais c'est suffisant pour donner au monde une tessiture floue et légèrement fantomatique. Je pense que c'est sans doute ainsi que je percevrais le monde si, après des examens médicaux de routine, on m'annonçait que j'étais atteint d'un cancer. Mon monde, alors, basculerait d'un coup. Je quitterais le Medical Center de l'avenue Louise, mes examens sous le bras, et je rentrerais chez moi, l'esprit vide, le regard absent. J'arriverais d'un pas somnambulique en vue des étangs d'Ixelles, mais le monde, alors, autour de moi, les passants, les arbres, les rives inclinées des étangs, les canards au bord de l'eau, tout cela flotterait autour de moi dans la brume ouateuse et indifférenciée de la plaine des asphodèles de la mythologie grecque. Mais, en l'occurrence, il ne s'agit pas de cela, ce n'est pas moi qui suis malade, c'est le monde lui-même, vecteur invisible du virus, qui est atteint de cette maladie qui l'engourdit et l'éthérise.

35

La nouvelle de Zweig que je suis en train de traduire aborde des événements dramatiques réels auxquels Zweig a été confronté à la fin de sa vie.

La nouvelle fait directement allusion, sans jamais

la nommer, à l'*Anschluss*, l'annexion de l'Autriche par l'Allemagne nazie en mars 1938.

La veille du jour où les troupes de la Wehrmacht entrent dans Vienne, le docteur B., un intellectuel viennois, est arrêté par la Gestapo. Il est mis à l'isolement, non pas dans un camp de concentration, mais dans une chambre d'hôtel. Il ne souffre ni du froid ni de la faim, ni de la puanteur ni de la promiscuité dans des baraques insalubres, mais on le laisse seul plusieurs mois d'affilée dans une pièce totalement vide, où son esprit ne peut se reposer sur rien.

Il fait, semaine après semaine, l'expérience du confinement le plus absolu.

Au bout de quatre mois de ce traitement, lors d'un transfert pour un interrogatoire, il parvient à dérober un livre, qui se trouve être un manuel d'échecs, dans la poche d'un manteau militaire qui pend à un portemanteau. N'ayant strictement rien à faire dans la pièce où il est confiné, et ne disposant d'aucun objet matériel pour figurer un jeu d'échecs, il commence à rejouer mentalement les cent cinquante parties du manuel. Puis, au bout de quelques mois, ayant fait le tour des cent cinquante parties reproduites dans le livre, et ayant besoin de nouveauté pour s'occuper l'esprit, il décide de jouer contre lui-même. C'est le moment clé de la nouvelle. Car, dès qu'il se met à jouer contre lui-même, il est obligé de se dédoubler mentalement en un « Je » qui joue avec les Noirs et un « Je » qui joue avec les Blancs.

Mais, comme il s'en rend compte assez vite, vouloir jouer aux échecs contre soi-même, c'est aussi insaisissable que de vouloir sauter sur sa propre ombre.

Stefan Zweig développe alors la notion qui est au centre de la nouvelle, du dédoublement de la conscience.

Je n'ai pas perçu tout de suite combien la nouvelle de Zweig rencontrait d'échos avec ce que nous étions en train de vivre en ce moment. Ce dédoublement de la personnalité, cette dualité mentale qu'éprouve le personnage de Zweig, j'ai l'impression de la vivre moi-même à Bruxelles depuis le début du confinement.

De plus en plus souvent, j'ai conscience maintenant que, plus tard, dans quelques mois ou dans quelques années, je verrai cette période comme une période particulièrement heureuse de ma vie. Là où intervient la dualité de la pensée, c'est que ce bonheur supposé que j'imagine que je vais ressentir rétrospectivement en repensant à cette période, je ne le perçois pas pour le moment. Je sais que, plus tard, en repensant à ces journées de confinement, je me dirai que j'avais été heureux dans mon bureau à Bruxelles à travailler à ce nouveau livre, mais ce bonheur que je me promets depuis le futur, je n'en vois pas la couleur pour l'instant, je n'en éprouve aujourd'hui aucun des agréments.

En somme, depuis le début du confinement, je vis heureux sans le savoir.

Ce n'est pas que je n'en aie pas conscience — j'ai parfaitement conscience que je suis heureux —, mais je n'en ressens pas les effets.

Ce qui participe aussi à ce bonheur indiscernable et silencieux qui m'apporte une grande sérénité intérieure, c'est que, dans mes conditions actuelles d'écriture à Bruxelles, où d'habitude je n'écris jamais (en général, je m'isole toujours pour écrire, à Ostende ou en Corse), je retrouve l'atmosphère de la période depuis longtemps disparue où j'écrivais *La Salle de bain* à Médéa. Je retrouve, sans même les avoir moi-même suscitées — le virus s'en est chargé à ma place —, les conditions de travail de cette époque lointaine, ce mélange si particulier entre l'isolement total avec le livre que je suis en train d'écrire et la présence invisible, réconfortante et bienfaisante, de Madeleine à mes côtés, aujourd'hui à Bruxelles et hier à Médéa.

Il y a un autre point où je sens une parenté évidente entre le dédoublement de la personnalité évoqué par Zweig et ce que nous sommes en train de vivre, c'est la manière dont nous nous représentons parfois ce qui se serait passé si nous n'avions pas connu l'épidémie, si le virus n'avait jamais existé. Dans cette légère reconstruction de l'histoire, dans cette faible uchronie, qui n'a rien de très spectaculaire ou d'outré — elle est même, dans le fond, plus vraisemblable que la réalité à laquelle nous sommes confrontés —, ma vie aurait suivi son cours normal, j'aurais pu vivre comme prévu l'ensemble des événements et voyages, salons du livre et colloques, qui m'attendaient au printemps 2020. Mais, et c'est là qu'intervient de nouveau le dédoublement de la pensée évoqué par Zweig, je me rends compte maintenant, ou plutôt une partie de moi-même se rend compte, que j'aurais sans doute vécu tous ces événements de manière un peu blasée, dans le confort inconscient de l'habitude ou de la routine.

C'est la crise que nous sommes en train de vivre qui me fait me rendre compte, par contraste, combien il aurait été agréable de vivre le printemps littéraire passionnant et varié qui m'attendait. De la même manière que l'annonce qu'on est atteint d'une maladie grave, qui met en péril notre pronostic vital, doit sans doute nous faire apprécier, par contraste, les mille bonheurs simples de la vie qu'on ne percevait plus, c'est l'épidémie de Covid-19 qui me fait apprécier aujourd'hui, à leur juste valeur, les délicieux agréments des événements du printemps 2020 dont, justement, elle m'a privé.

36

Par quelque malice des cieux, il fait très beau à Bruxelles depuis le début du confinement.

Après avoir fait quelques aménagements dans l'appartement, nous avons ouvert le petit balcon et installé une table sur la terrasse. Plusieurs fois déjà, depuis la mi-mars, nous avons déjeuné dehors avec Madeleine, au soleil, sur l'étroit balconnet.

Ces derniers jours, j'ai relu *Roi, dame, valet* de Nabokov, que j'avais lu il y a une éternité à Médéa, en Algérie. En ouvrant le livre, je me suis tout de suite rendu compte que je ne cherchais pas à retrouver dans ces pages l'histoire que j'avais lue quarante ans plus tôt, à reconnaître des situations ou à retrouver des personnages, mais à établir un pont temporel immatériel entre le présent de ma lecture et ce temps disparu de Médéa où j'écrivais *La Salle de bain.* Me souvenant d'une réflexion de Proust dans *Le Temps retrouvé*, j'avais conscience que je n'étais pas le relecteur du livre que j'étais en train de lire, j'étais le relecteur de moi-même. C'est moi-même que j'essayais de traquer dans les pages de ce livre, c'est moi-même et les impressions que j'avais ressenties à l'époque, impressions à jamais oubliées, enfouies dans ma mémoire, visuelles, auditives, olfactives, du bureau de Médéa où j'écrivais *La Salle de bain* ou du salon blanc de la maison d'Aïn d'Heb, que j'essayais de faire resurgir à travers le temps par le biais de cette lecture. Je ne m'intéressais pas particulièrement aux épisodes que j'étais en train de lire, j'étais attentif à ce qu'ils pouvaient me dire malgré eux de mon propre passé. Je cherchais, à travers eux, à retrouver quelque chose de l'essence de ces heures disparues de Médéa pendant lesquelles j'écrivais *La Salle de bain*. Le livre était un instrument, un vecteur ou un levier, qui me permettait de faire le lien, à travers le temps, entre les heures présentes de ma lecture à Bruxelles et les heures à jamais disparues de ce passé particulier où j'écrivais *La Salle de bain* à Médéa au début des années 1980.

À cela, à cette lecture sensible dirigée vers moi-même, se superposait une autre lecture, une lecture critique de l'écrivain que j'étais devenu, qui ne pouvait s'empêcher d'apprécier, en connaisseur, ce que je définirais comme la double virtuosité de Nabokov, la virtuosité de la ligne et celle des détails. La virtuosité de la ligne concerne la construction d'ensemble du roman, c'est l'art de l'illusion ou du trompe-l'œil, dont Nabokov est le maître incontesté. J'adore cette idée de préparer, très en amont, un effet qui ne se révélera que trente ou cinquante pages plus tard. C'est très technique, et cela demande beaucoup de préparation. Cela me fait penser à certains coups d'échecs, apparemment anodins ou innocents, qui préparent en réalité une subtile combinaison à long terme. Comme lecteur, je suis très sensible aux effets de surprise et aux pincements de ravissement que provoquent ce genre de prouesses. Mais l'autre virtuosité de Nabokov n'est pas moins impressionnante. La virtuosité du détail, c'est quand Nabokov, délaissant les grands desseins de la composition, s'empare d'un pinceau très fin et intensifie un contour, accentue un cil. C'est la souplesse, c'est la ductilité de son trait de plume, c'est la précision de sa touche, pour souligner un détail, faire vivre un reflet de lumière sur le velouté d'une épaule, chatoyer une couleur, briller un rayon de soleil sur le pare-brise d'une voiture ou dans les lunettes d'un personnage, dans lequel on aperçoit soudain, en reflet, avec un frisson d'incrédulité, la tête chauve de l'auteur — qui vous fait un clin d'œil.

37

Depuis quelques jours, je suis moins hypocondriaque. Je remarque que cela fait longtemps que je n'ai plus éprouvé la hantise irrationnelle d'avoir été contaminé moi-même par le virus. Aux premiers temps de la crise, il est vrai, j'ai élaboré mentalement plusieurs scénarios anxiogènes. Assis à mon bureau, pris d'une soudaine alarme, je quittais un instant des yeux mon ordinateur et je regardais le plafond en me demandant ce qui m'arriverait si je devais soudain éprouver les premiers symptômes du Covid-19. Eh bien, je garderais la chambre quelques jours, me disais-je avec fatalisme, et je visualisais ma chambre de malade au fond de l'appartement, où, sur la table de nuit, à côté du livre que je lisais à la sieste, viendrait s'ajouter un verre d'eau et une boîte de Dafalgan qu'en autoprescription je me serais administrée. Ayant lu les journaux, je savais très bien que c'est surtout le cap délicat du septième jour qu'il me faudrait passer, car c'est à ce moment-là que peut se produire une brutale aggravation de la maladie. Parfois, mon imagination complaisamment alarmiste allait jusqu'à me faire envisager un transfert d'urgence à l'hôpital, l'ambulance des urgences garée en bas de chez moi, les voisins les bras croisés à la fenêtre, le vieux curé de l'église Sainte-Croix se hâtant le long des étangs pour parvenir à temps à mon chevet afin de m'administrer les derniers sacrements (mais je ne voulais pas aller plus avant dans la représentation de ces perspectives terrifiantes, et je refusais de m'imaginer à plat ventre sur un lit de réanimation en position de décubitus ventral, avec un masque Decathlon sur le visage, hypothèse qui pouvait certainement donner lieu ultérieurement à des pages épatantes pour le livre que j'étais en train d'écrire — si je m'en sortais —, mais que, pour l'heure, je préférais éviter de caresser).

Avec Madeleine, au début du confinement, nous avons instauré à la maison quelques mesures de protection élémentaires, et, si nous n'avons jamais été jusqu'à stériliser nos courses, Madeleine désinfectait régulièrement les poignées de porte et déambulait dans les couloirs avec un spray, envoyant de temps à autre dans l'air une petite giclée de désinfectant bien sentie autour d'elle, comme un prélat pendant une procession qui arrose les environs d'eau bénite avec son goupillon. Elle avait également enroulé une serviette de bain barbouillée d'eau de Javel autour du paillasson de l'entrée et, avant de pénétrer dans l'appartement, nous frottions longuement nos semelles potentiellement contaminées par d'invisibles résidus de virus dans la chair onctueuse de la serviette, quand nous n'enlevions pas carrément nos chaussures avant d'entrer comme dans les maisons japonaises. Nous avons respecté scrupuleusement ces règles pendant un ou deux jours (et puis tout est rentré dans l'ordre).

Dans les premiers jours de la crise, il y avait très peu de gens masqués dans les rues, on en repérait un au passage, qui faisait un peu figure d'excentrique, mais depuis cela s'est progressivement étendu. J'en porte un moi-même, à l'occasion, que je prélève dans la réserve que je me suis constituée avant la crise. Il faut dire que j'ai eu du flair, j'ai acheté des masques en février 2020, juste avant de partir en voyage aux Émirats arabes unis. Dans mon esprit, curieusement, le risque de propagation de l'épidémie était bien plus grand au Moyen-Orient, région où sévissent de façon endémique l'encéphalite à tiques et la fièvre du Nil, qu'en Belgique, où nous ne connaissons, l'hiver, que la grippe saisonnière. La suite des événements allait contredire cette intuition hâtive, l'Europe devenant rapidement un des foyers les plus actifs de la pandémie de Covid-19.

Bref, en prévision de ce voyage, j'avais acheté des masques.

La pharmacie de la rue Lesboussart était déserte quand j'y suis entré en ce matin pluvieux de février. Il y avait un seul client dans l'officine qui était venu chercher une préparation maison que le pharmacien était en train de lui confectionner dans l'arrière-boutique. C'est une jeune stagiaire qui s'occupa de moi, longs cheveux noirs, blouse blanche à col vert. Je lui demandai ce qu'elle avait comme masques respiratoires. Elle disparut un instant et revint avec un masque dans un étui individuel opaque. Je peux le voir, dis-je. Elle défit l'emballage de ses longs doigts élégants et sortit précautionneusement le masque en me disant que c'était ce qui se faisait de mieux, un masque KN95, avec une efficacité de filtration optimale, c'était l'équivalent des FFP2, peut-être en avais-je entendu parler. Je fis non de la tête, je n'y connaissais rien en masques. Je peux l'essayer, dis-je, et, lorsque je le saisis, je vis son visage se décomposer, ses épaules tomber, sa silhouette s'affaisser derrière le comptoir. Sans attendre sa réponse, j'avais tiré sur les élastiques latéraux du masque et je l'avais fixé derrière mes oreilles pour me recouvrir la bouche. C'est la première fois que j'en mets un, dis-je, en articulant, d'une voix à peine audible (c'est vrai, on ne s'entend pas très bien avec ces masques). Elle ne répondit rien, elle ne semblait obsédée que par une chose, c'était comment me faire enlever ce masque au plus vite. Je sentais qu'elle avait envie de tendre les bras par-dessus le comptoir et de me l'arracher du visage, mais elle restait paralysée sur place, elle ne savait que faire, elle était seule dans l'officine, son patron était toujours occupé dans l'arrière-boutique. Je pivotai pour me présenter de profil. Il me va bien ? dis-je. Elle ne répondait pas. Houhou, dis-je en agitant la main devant elle. Elle ne semblait pas disposée à me donner son avis. Peut-être n'avait-elle pas entendu ma question ? Peut-être n'avais-je pas assez articulé derrière mon masque ? Ou bien faisait-elle délibérément preuve de mauvaise volonté. Je n'insistai pas, je la laissai à sa maussaderie (c'est à croire qu'elle n'avait pas envie de me le vendre, son masque). Je fis un pas en arrière dans la boutique, cherchai des yeux un miroir. J'en trouvai un sur le présentoir des lunettes de soleil. Je fléchis les genoux pour me regarder dans la glace. Non, vraiment, ce n'était pas très seyant. Cela faisait un peu muselière, ce côté cône blanc pointu sur le nez. Je revins vers le comptoir, ôtai le masque. Il coûte combien ? dis-je. Trois euros, dit-elle. Trois euros ! m'écriai-je, trois euros pour un masque. Vous avez d'autres modèles ? dis-je. Elle disparut de nouveau dans les profondeurs du magasin. Je jetai un coup d'œil sur le masque, affaissé sur le comptoir (il avait une allure de pièce à conviction). Elle revint avec une boîte de masques chirurgicaux bleu clair classiques, qu'elle posa devant moi sur le comptoir. Je m'apprêtais à ouvrir la boîte pour en prendre un, mais, d'un mouvement vif, elle fit glisser la boîte hors de ma portée. Elle ouvrit la boîte elle-même, elle semblait vouloir protéger la boîte de mes assauts éventuels, comme s'il s'agissait de la soustraire à ma convoitise. Elle sortit de la boîte un masque chirurgical bleuté, tout ce qu'il y a de plus banal — un masque, quoi — et me le montra à distance. Je hochai la tête pensivement, tendis le bras et je le lui pris des mains. Je le palpai négligemment pour évaluer sa souplesse, fit jouer l'élastique. Mais sans l'essayer, sans l'essayer, j'avais bien compris qu'elle était réticente à me laisser l'essayer. Il coûte combien ? dis-je. Soixante centimes, dit-elle. Ah, voilà qui était plus raisonnable. On s'assagissait. Très bien, dis-je, je vais prendre celui-là. Je vais en prendre dix, dis-je. À ce prix-là, j'allais me gêner. De toute façon, je n'avais pas l'intention de m'en servir. C'était seulement « au cas où » (c'est comme avoir de l'Imodium dans sa trousse de toilette, ce n'est pas forcément pour le plaisir d'utiliser un antidiarrhéique).

38

La crise sanitaire a désorganisé la plupart des activités sociales.

Dans le domaine médical, de nombreuses consultations de routine ont dû être annulées et la plupart des opérations chirurgicales non urgentes ont été déprogrammées.

Pour ma part, je devais faire, une fois l'an, une visite de contrôle chez mon ophtalmologue.

Malgré le confinement, j'ai obtenu un rendez-vous début mai. Lorsque je suis arrivé au Centre d'Ophtalmologie, la salle d'attente, d'habitude bondée, était absolument déserte. L'assistante médicale qui me reçut me demanda de bien vouloir m'enduire les mains de gel hydroalcoolique et de prendre place dans la salle d'attente. Je regardai les bancs, qui étaient tous entravés de bandes rudimentaires de ruban adhésif rouge et blanc sommairement disposées en croix pour les condamner. Après un instant de perplexité, je m'assis, en bout de banc, à côté de deux places vides, seul, masqué, dans la salle d'attente déserte.

Au bout de quelques minutes, la porte s'ouvrit et je vis apparaître le docteur Praggnanandhaa. Blouse blanche, cheveux noirs gominés, svelte, cambré, racé, un visage d'Inca, il me fit entrer dans son cabinet, en esquivant souplement mon corps à la manière d'un torero lorsque je passai devant lui, et m'invita à prendre place. Avant de m'asseoir, je retirai ma casquette, j'ôtai ma veste, j'enlevai mon pull, que je posai sur une chaise, je déposai mon étui à lunettes en équilibre au sommet du monticule, la petite pyramide instable de vêtements que je venais de composer (le docteur Praggnanandhaa m'observait en silence). Je retournai m'asseoir, croisai les jambes.

Le docteur Praggnanandhaa, la mine sombre, feuilleta mon dossier.

Il se leva pour procéder aux premiers examens et me dit assez vite que tout allait bien, je n'avais pas de glaucome.

Je le savais, je n'ai jamais eu de glaucome.

C'est la DMLA que j'ai.

La première fois que j'étais venu voir le docteur Praggnanandhaa, il y a déjà quelques années, il m'avait diagnostiqué une DMLA, dégénérescence maculaire liée à l'âge. On se croit jeune, on l'est encore sans doute, mais certains signes objectifs — et je ne parle pas de mes jambes, je ne parle jamais de mes jambes au docteur Praggnanandhaa — montrent qu'on s'achemine doucement vers la vieillesse, voire qu'on a déjà un pied dedans, voire les deux, jusqu'aux chevilles, les jambes du pantalon relevées, comme à Ostende, et qu'on ne s'inquiète pas encore, qu'on se délecte même, insouciant, les pieds dans l'eau, à barboter ainsi dans la fraîcheur du merveilleux élément liquide qui nous entoure les mollets et masse la vieille chair usée de nos pieds au bord de la mer du Nord. C'est de la thalassothérapie, les premières heures de la vieillesse.

Lorsque le docteur Praggnanandhaa m'a diagnostiqué cette dégénérescence sénile — sénile, vous vous rendez compte, à mon âge ! —, il m'a dit que j'étais encore bien jeune pour en être affecté, que cela survenait plutôt en général vers soixante-dix ans. Et vous n'avez même pas soixante ans, me dit-il (eh oui, il y a eu une époque de ma vie où je n'avais *même pas* soixante ans).

Mais il l'a tout de suite prise au sérieux, cette DMLA. Les bras croisés sur son bureau, la mine préoccupée, il m'a dit qu'il ne fallait pas dramatiser, il me l'a dit à deux reprises (et, la troisième fois, j'ai commencé à m'inquiéter). Voilà, dit-il, et il commença à m'expliquer de quoi il s'agissait, en faisant pensivement des petits croquis au crayon noir sur un bloc-notes que je me soulevais de mon siège pour déchiffrer et essayer de comprendre. La DMLA pouvait prendre deux formes, la forme humide, qui peut être très grave, et qu'il faut surveiller de près (je devais venir le voir au moins une fois par an pour un contrôle), et la forme sèche, qui occasionne une dégradation lente et inexorable de la macula, la partie centrale de la rétine. Il n'y a pas vraiment de traitement, ajouta-t-il, la seule chose qu'on peut faire, c'est d'essayer de ralentir la dégradation, qui est inéluctable, avec une prise quotidienne d'un complément alimentaire qu'il allait me prescrire, à base d'Oméga 3, lutéine, zéaxanthine, vitamines et zinc.

Deux jours après ce rendez-vous, je suis allé me plaindre auprès de ma mère, comme un client mécontent qui va protester auprès du fabricant. Ma mère prit la chose avec philosophie, et elle me dit que, parmi les multiples troubles qui affectaient sa propre vue, elle soupçonnait d'avoir elle aussi une DMLA, mais elle n'en était pas très sûre. Il y avait trop de dysfonctionnements conjoints qui se conjuguaient dans sa vision, parfois s'annulaient, souvent se combinaient, pour constituer un cocktail aussi original qu'énigmatique, dont même les plus compétents des ophtalmologues n'auraient pu retrouver, malgré la sûreté de leur diagnostic et la variété de leur outillage, tous les ingrédients qui s'y entrelaçaient, parfois à dose microscopique. Cela faisait quand même quarante ans que ma mère n'y voyait rien, et elle avait toujours refusé obstinément de porter des lunettes (depuis quelques mois, maintenant, elle ne pouvait plus du tout lire, ce qui ne l'empêchait pas de promener sa grosse loupe lumineuse sur des notices de médicament dont la taille lilliputienne défiait l'entendement). Tita aussi, sa mère, ma grand-mère, a eu une DMLA, me dit-elle. Je crois que c'est ça qu'elle a eu à la fin de sa vie, une DMLA, même si on n'employait pas encore le terme à l'époque. Mais, apparemment, la DMLA de Tita ne l'inquiétait pas plus que ça, pas plus que la mienne, d'ailleurs. Elle avait l'air de s'en foutre un peu, des DMLA. Ce qui l'indignait, c'est qu'elle ne pouvait plus lire. J'ai évidemment pensé à ma mère quand, dans le petit livre que j'ai consacré à Monet, j'ai écrit que, si Monet pouvait accepter l'idée de la mort, comme le terme naturel de toute existence humaine, le drame qui le révoltait, qui l'indignait et le mettait au désespoir, c'était sa vue qui se dégradait.

Mais revenons à notre rendez-vous avec le docteur Praggnanandhaa. Comment avait-elle évolué, ma DMLA, depuis le temps ? Eh bien, on va voir ça tout de suite. Le docteur Praggnanandhaa m'invita à passer dans la pièce voisine pour procéder à un examen du fond de l'œil. Il me demanda de bien ajuster le bas du visage dans une mentonnière, de poser le front sur un bandeau recouvert de cuir, puis de viser de l'œil une croix verte et de ne plus bouger, de garder le regard fixe quelques secondes. L'examen terminé, je me relevai et allai rejoindre le docteur Praggnanandhaa devant une rangée d'ordinateurs, où, comme à la Nasa, lui masqué et en blouse blanche, moi, en civil, quoique également masqué (un scientifique de passage), nous nous sommes penchés sur les résultats. Nous regardions défiler de magnifiques vues de l'intérieur de mes yeux, aux allures de paisibles paysages lunaires nimbés d'une brume jaune orangé. Chaque globe oculaire, telle une lune rousse, présentait de larges surfaces planes, mers paisibles et silencieuses, cratères et crevasses, que parcouraient de légères traces de nébulosités blanches apparemment inoffensives mais en réalité inquiétantes, car révélatrices de la présence de tissus atrophiés qui témoignaient de la détérioration de la rétine. L'ordinateur, devant nous, affichait des courbes et des graphiques, une vue simultanée de l'état des paysages intérieurs de ma rétine en 2018, 2019, 2020, qu'il était aisé de comparer. Le diagnostic était on ne peut plus clair, que le docteur Praggnanandhaa me fit partager en m'indiquant sur l'écran les zones affectées en me pointant la pointe de son crayon dans l'œil. Il n'y avait aucune évolution négative depuis deux ans, la dégénérescence était stabilisée. Cela tenait sans doute à l'efficacité du traitement. C'est comme l'hydroxychloroquine, ajouta-t-il en souriant. La comparaison m'était également venue à l'esprit. Il est vrai que, ces temps-ci, il était difficile d'échapper à l'hydroxychloroquine dans les conversations. Mais, à ma grande surprise, alors que je pensais que nous étions l'un et l'autre en train de railler l'engouement irrationnel que connaissait en ce moment l'hydroxychloroquine, lui, le docteur Praggnanandhaa, qui était quand même davantage médecin que moi, se mit à la défendre, en m'expliquant que c'était un remède connu de tout temps contre le paludisme et que c'était de toute façon le seul traitement disponible à l'heure actuelle. Mieux, il me confia qu'il en avait prescrit à son père qui avait eu le covid le mois précédent (et pas pour l'empoisonner, ajouta-t-il avec un sourire étrange).

39

Je continue de traduire la nouvelle de Zweig à mon rythme.

Chaque après-midi, après la sieste, je rejoins mon bureau et je m'attèle à la tâche. Je traduis quelques lignes, parfois un paragraphe, les meilleurs jours une page entière. J'utilise l'édition de la *Suhrkamp Basis-Bibliothek*, publiée très serré, la totalité de la nouvelle tient en soixante-treize pages, c'est à s'arracher les yeux (déjà que c'est en allemand).

Souvent, avant de me mettre au travail, je m'installe dans le fauteuil bleu de mon bureau et je relis deux ou trois pages de la nouvelle. Je lis les deux pages, une fois, deux fois, et, me rendant compte que je ne comprends quasiment rien, je me demande si je n'ai pas quelque peu présumé de mes forces.

Si je veux bien admettre que mon niveau en allemand peut paraître insuffisant pour mener à bien une telle entreprise, je suis en revanche d'un très bon niveau, non pas aux échecs proprement dits, mais pour tout ce qui concerne de près ou de loin le jeu d'échecs, dont je maîtrise parfaitement l'idiosyncrasie spécifique, l'ambiance, les rituels et le lexique particulier.

Dans le fond, comme traducteur, je suis bien meilleur aux échecs qu'en allemand.

Et c'est sans hésiter que je traduis «*Eröffnung*» par «défense» et non par «ouverture» dans l'expression «*sizilianische Eröffnung*» (il n'y a pas d'*ouverture* sicilienne aux échecs, mais une *défense* sicilienne). De même, c'est sans état d'âme que je traduis «*eine neue Dame zu gewinnen*» (littéralement «gagner une nouvelle Dame») par le précis : «faire Dame».

En l'occurrence, bien souvent, pour moi, dans cette traduction, la langue source, ce n'est pas l'allemand, ce sont les échecs.

L'exemple le plus saisissant de cette mise en contexte échiquéenne de ma traduction, c'est la manière dont j'ai traduit «*siebzehnten*» par «trente-septième». Non pas que j'ignore qu'il faille traduire «*siebzehnten*» par «dix-septième» (mon incompétence en allemand a des limites), mais, comme, dans la nouvelle de Zweig, il est dit que la position sur l'échiquier rappelait celle d'une partie Alekhine-Bogolioubov jouée en 1922 au tournoi de Pistyaner, je suis allé jeter un coup d'œil sur cette partie. La position sur l'échiquier, au trente-septième coup, la voici :

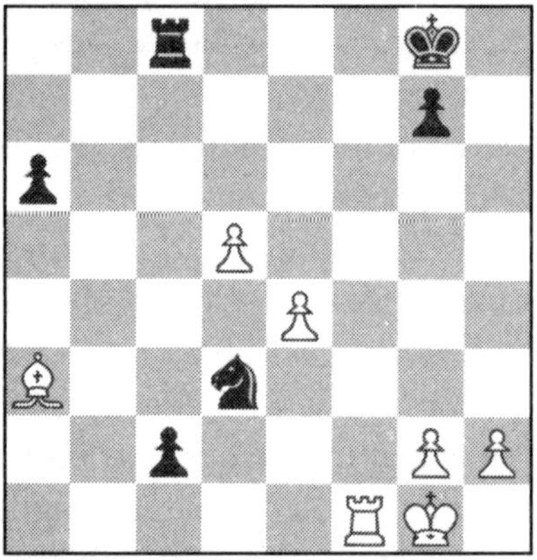

Ah, enfin, on joue un peu aux échecs dans ce livre !

Après le coup (38. d6) joué avec les Blancs par le champion du monde, Czentovic (dans la fiction) ou Alekhine (dans la réalité), McConnor, avec les Noirs, s'apprête à jouer 38. ... c1, lorsque surgit l'inconnu qui va inciter McConnor à jouer 38. ... Rh7 (le coup joué par Bogolioubov dans la partie du tournoi de Pistyaner de 1922).

Alors, que décider ? C'est l'éternelle question, faut-il traduire ce que l'auteur a écrit ou ce qu'il a voulu dire ? En l'occurrence, j'ai pris mes responsabilités, et j'ai traduit que cet échange avait eu lieu au trente-septième coup, comme c'est vraisemblable (il suffit de jeter un coup d'œil sur l'échiquier pour s'en convaincre), et non au dix-septième coup, comme l'a écrit Zweig.

Aujourd'hui, cela fait un moment que je reste bloqué sur une phrase de Zweig qui me semble avoir toutes les caractéristiques de ce qu'on pourrait appeler la « phrase-problème d'échecs ».

C'est un exemple emblématique, avec une difficulté principale, un coup à trouver — la clé manquante —, et d'autres difficultés annexes qui servent de leurre ou qui jouent un simple rôle ornemental dans la composition.

Il n'est pas rare, dans l'écriture, que l'on soit confronté à de telles phrases qui ont des allures de problème d'échecs.

Je me souviens d'une difficulté particulièrement ardue qui m'avait occupé l'esprit pendant l'écriture d'un de mes livres. J'avais devant moi, sur l'échiquier — sur mon échiquier mental — les cinq pièces suivantes : main, regard, vie, amour, art. Je pressentais qu'en les unissant d'une certaine façon, je pourrais obtenir un résultat lumineux, que la force individuelle de chaque terme pourrait être décuplée dans une envolée exponentielle. J'avais, en haut à droite de l'échiquier, comme deux pièces lourdes, la main et le regard, et, de l'autre, en bas à gauche, telles la Dame et un Fou en fianchetto, l'amour et l'art.

Au milieu, la vie — et pas de verbe pour faire le lien.

Je me souviens de moi, dans mon bureau d'Ostende, avec ces cinq mots que j'avais isolés sur un chevalet mental et que je tournais et retournais obsessionnellement dans ma tête, puis moi, quelques heures plus tard, dans la chambre à coucher, assis dans le lit un coussin derrière le dos, repensant encore à la question et relevant les yeux pour observer les moulures du plafond, perdu dans mes pensées. Je savais bien que c'était le verbe manquant qui était la clé du problème, et d'un coup, j'ai trouvé la solution, le verbe qui manquait m'est apparu, et je me suis relevé prestement, en pyjama, pour aller rejoindre le salon dans l'appartement endormi et noter la phrase complète dans l'obscurité sur un morceau de papier, un verbe surgi du néant, pas spécialement élégant d'ailleurs, quand on le considérait en dehors du contexte dynamique de la phrase, un verbe que je venais de puiser, selon une alchimie qui m'échappait, dans l'immense vivier endormi de la langue, mais qui, à cet endroit, était sans doute le trait le plus approprié, qui faisait le lien entre les cinq éléments du problème et donnait soudain à l'ensemble une impulsion énergique, ailée et aérienne, le verbe « être question » :

> La main et le regard, il n'est jamais question que de cela dans la vie, en amour, en art.

Aujourd'hui, la « phrase-problème d'échecs » de Zweig sur laquelle je cale est : « *wurde jede Antwort zur ungeheuersten Verantwortung* ».

La beauté du problème, résumé à sa plus simple expression, tient aux deux pièces en jeu dans la composition — *Antwort* (réponse) et *Verantwortung* (responsabilité) — qu'il s'agit de réunir grâce à un verbe en une seule phrase cohérente. Comment faire interagir ces deux éléments, « réponse » et « responsabilité », et par quel verbe les relier ? Car « réponse » et « responsabilité » sont des invariants dans cette phrase, on doit nécessairement les retrouver dans toutes les traductions envisageables. Ils sont en quelque sorte « cloués » comme on dit aux échecs, ils ne peuvent pas quitter leur place dans cette phrase.

La latitude du traducteur est donc très limitée, qui ne peut agir que sur le choix du verbe.

Assis à mon bureau, je tâtonne, je teste prudemment quelques solutions comme si je déplaçais des pièces sur un échiquier, je fais une première tentative avec le verbe « mettre en jeu » (« chaque réponse mettait en jeu une immense responsabilité »), puis avec le verbe « induire » (« chaque réponse induisait une immense responsabilité »), enfin avec le verbe « revêtir » (« chaque réponse revêtait une immense responsabilité »).

Rien ne me satisfait pleinement.

Par curiosité, je jette un coup d'œil sur les solutions proposées par les autres traducteurs de la nouvelle :

Brigitte Vergne-Cain et Gérard Rudent : « La moindre réponse comportait une responsabilité immense. »

Françoise Wuilmart : « Chacune de mes réponses portait le poids d'une énorme responsabilité »

Diane Meur : « Je prenais une responsabilité énorme à chaque réponse. »

Olivier Mannoni : « Chaque réponse faisait peser sur mes épaules une responsabilité monstrueuse. »

Bernard Lortholary : « Chaque réponse prenait les proportions d'une responsabilité énorme. »

Le problème est beaucoup plus complexe que je ne l'avais imaginé.

J'y repense encore le soir.

Au réveil, le lendemain matin, alors que je suis encore dans mon lit, je continue à réfléchir à la question.

Finalement, ayant tourné et retourné le problème dans tous les sens à la recherche de ce verbe introuvable, je tiens enfin la solution.

Ma solution, la voici — elle est radicale —, c'est de me passer purement et simplement de verbe: « Quelle immense responsabilité à chaque réponse ! »

40

Pour ma part, je n'ai jamais été un grand amateur de problèmes d'échecs. J'y vois trop de contraintes artificielles et d'ingéniosité inutile, et je suis souvent dépité par le peu de vraisemblance des positions proposées. Non, je préfère les situations complexes qui se présentent dans les véritables parties. Comme dans l'exercice de la traduction, je préfère être confronté à des problèmes concrets à résoudre, minuscules, terre à terre, retors, coriaces, insolubles, et non pas réfléchir à de grands principes généraux de grammaire ou de traductologie. C'est d'ailleurs une configuration qu'on retrouve souvent dans la traduction comme dans les problèmes d'échecs, de devoir ainsi tenir compte simultanément de trois, quatre, voire cinq ou six variables concomitantes, obstinées, résistantes, inflexibles, que l'on ne peut d'abord résoudre qu'individuellement, puis deux à deux, ajoutant prudemment un troisième ou un quatrième élément de réponse, avant que l'édifice fragilement constitué ne s'écroule comme un château de cartes devant le surgissement d'une nouvelle difficulté inattendue. Alors, face à la position complexe à laquelle on est confronté, sur la page ou sur l'échiquier, on tourne et retourne mentalement toutes les données du problème, on prend la mesure du casse-tête qu'il s'agit de résoudre. On tâtonne, on essaie, on revient en arrière. Les bonnes solutions s'excluent mutuellement, l'une répond à quatre critères, mais bute sur le cinquième, l'autre paraît incontestable, mais une difficulté cachée l'interdit. Et soudain, le miracle opère. Dans une intuition lumineuse, tout se résout, se libère, se dénoue, et on découvre soudain la clé unique, miraculeuse, qui englobe les résolutions individuelles de chacune des contraintes du problème auquel on était confronté. Pour Nabokov, un grand problémiste d'échecs développe les mêmes qualités qu'un grand écrivain : l'originalité, l'inventivité, la concision, l'harmonie et la complexité. Et, dans *Poèmes et problèmes*, il ajoute cette dernière disposition déconcertante, qui s'apparente à un brillant sacrifice de qualité : une insincérité magnifique. Une insincérité magnifique ! Vraiment ?

41

Le 11 mai 2020, un déconfinement progressif est annoncé.

La crise est pourtant loin d'être finie.

Des signes inquiétants se multiplient encore un peu partout dans le monde, de nouveaux cas d'infection ont été détectés dans des bars de nuit à Séoul, on signale des flambées de cas en Russie et au Brésil.

J'accueille la nouvelle du déconfinement avec circonspection.

Je suis bien obligé de m'avouer que ce déconfinement — certes, très relatif, certes, très progressif —, je le vis, non pas comme la délivrance attendue (la promesse de pouvoir reprendre une vie normale, de fréquenter de nouveau les restaurants et de pouvoir voyager librement), mais, au contraire, comme une menace diffuse, la menace d'être expulsé du cocon d'écriture que j'ai patiemment constitué autour de moi depuis quelques semaines.

Dans le refuge abstrait du livre que je suis en train d'écrire, je me sens en harmonie avec moi-même. Je me suis constitué un univers personnel lumineux et sensible, fait d'ouvertures temporelles et de diagonales échiquéennes, et je ne veux pas y renoncer à cause du déconfinement.

42

Depuis quelques jours, je suis arrêté net dans mon élan.

Dimanche dernier, chez maman, j'ai beaucoup trop bu. Il s'en est suivi une crise, imprévue, brutale, quand nous sommes rentrés à la maison.

J'ai été incapable de contrôler mes émotions, toutes les angoisses diffuses que je portais en moi depuis le début du confinement se sont exprimées dans un accès de violence inattendu.

Je sentais mon horizon bouché de toutes parts, je n'avais plus d'issue. D'un côté, je ne voulais plus quitter mon bureau et interrompre l'écriture de mon livre, mais d'un autre, je ne me sentais plus la force de continuer. C'était devenu complètement aporétique.

Les doutes, secrets, nombreux, informulés, que j'avais — car j'en ai — et que j'ai toujours, au sujet de l'écriture, et de l'écriture de ce nouveau livre en particulier, qui n'est pas, c'est le moins qu'on en puisse dire, confortable et rassurant, ont soudain surgi avec violence, comme si, depuis le début du confinement, ce qui m'avait fait tenir, c'est le fait de continuer à écrire sans me poser de question — et sans me relire, en tout cas sans retravailler sans fin les passages déjà écrits — et que, dès que j'avais baissé la garde un instant, je m'étais mis en danger et j'avais vacillé.

J'ai été incapable de faire quoi que ce soit les jours suivants.

Je suis resté assis pendant des heures sur le fauteuil en skaï vert du salon, quasiment sans bouger, à regarder fixement devant moi.

43

Maman m'a souvent raconté un épisode de ma petite enfance qui lui avait fait forte impression. Alors que j'avais toujours été un bébé de très bonne composition, joyeux, souriant, mangeant bien, pleurant peu, un jour, un matin, elle m'avait trouvé immobile dans mon berceau. Je demeurais sur le dos, songeur, les yeux fixes, indifférent. Elle m'avait souri, aucune réaction. Elle avait essayé de me faire rire, rien. Étonnée, elle m'avait sorti du berceau et pris dans les bras, elle m'avait embrassé. Totale indifférence. Elle m'avait recouché, m'avait encore souri. Rien, aucune réaction. Elle avait alors pris ma température, je n'avais pas de fièvre. Elle a pensé que cela me passerait, mais, au début de l'après-midi, j'étais toujours prostré dans le même état, couché sur le dos, songeur, les yeux fixes. Elle a appelé Tita, sa mère, ma grand-mère, à la rescousse, qui est venue à son tour se pencher sur mon berceau, puis mon père est rentré, ils se sont tous penchés sur moi pour me faire des risettes. Rien, aucune réaction.

On a alors téléphoné au pédiatre (je me souviens encore de son nom, le docteur Alliaume, l'odeur de ses mains me revient parfois fugitivement à travers les brumes du temps).

Le docteur Alliaume est arrivé, avec sa sacoche de cuir élimée et son stéthoscope. Il m'a ausculté, avec précaution, il a pris ma tension, tout était normal, personne ne comprenait ce que j'avais.

Le lendemain, c'était terminé, j'étais de nouveau un bébé épanoui, sociable, d'un commerce agréable, battant des bras, souriant, joyeux, rieur.

On n'a jamais su ce qui m'était arrivé.

Mais l'épisode a marqué maman, à un point tel qu'elle m'en reparle encore aujourd'hui, plus de soixante ans plus tard. D'après maman, qui a de l'intuition, et l'hypothèse est très fine, j'étais en train de découvrir ma vie intérieure.

Par la suite, je me suis efforcé de préciser encore l'hypothèse de maman. Je n'y connais rien à la vie intérieure des bébés, mais c'est quand même de moi qu'il s'agit, je peux peut-être essayer d'avoir un avis autorisé sur la question.

L'hypothèse que j'avancerais est la suivante. Ce que j'avais découvert ce jour-là, c'est l'existence des souvenirs.

Mieux, la découverte stupéfiante que j'avais faite, c'est que les souvenirs sont susceptibles d'engendrer de la mélancolie. Car, même si les souvenirs d'un nourrisson ne peuvent remonter qu'à deux ou trois mois — et qu'est-ce que c'est deux ou trois mois en temps absolu ? —, en temps relatif, cela correspond à la moitié de leur vie. On peut alors supposer que, si c'est au passé que j'avais rêvassé ainsi pendant ces heures d'acédie où j'étais demeuré immobile dans mon berceau, le nourrisson que j'étais avait dû se souvenir d'événements vécus deux ou trois mois plus tôt de la même manière que je me souviens moi-même aujourd'hui d'événements qui se sont passés il y a trente ou quarante ans, avec la même poignante mélancolie liée à la perception du passage du temps.

44

Le dimanche suivant, c'est à notre tour de recevoir maman à la maison. Nous avons préparé des asperges et du saumon. Après la crise de la semaine dernière, j'ai décidé de ne pas boire d'alcool (seule maman boit du vin, un verre de vin blanc).

Ces déjeuners dominicaux avec maman que nous

avons instaurés depuis le début du confinement sont presque toujours prétexte à des évocations du passé, et je crois que maman apprécie particulièrement ces moments. Ces déjeuners sont pour elle comme les différents chapitres d'un livre immatériel qu'elle composerait en notre compagnie en égrenant ses souvenirs au fil des hasards et des détours de la conversation. Peut-être même, fine mouche comme elle est, imagine-t-elle que, plus tard, je pourrais faire un usage littéraire de ces évocations.

À table, aujourd'hui, maman nous explique que, dans les derniers temps où elle lisait encore — au prix, il est vrai, d'intenses efforts (je la revois dans son canapé de l'avenue des Klauwaerts, soulevant sa paupière gauche d'une main, et une grande loupe de lecture lumineuse dans l'autre) —, elle lisait tous les jours trois ou quatre pages du *Temps retrouvé* dans la collection « Bouquins ». Je lui confie que, pour ma part, j'ai un faible pour l'édition Gallimard en sept volumes. Maman possède l'ancienne édition de la NRF en quinze volumes. Elle a la collection complète, nous dit-elle, il ne lui manque que deux volumes, qu'elle a prêtés un jour à Kot Jelenski qui ne les lui a jamais rendus.

Vous connaissez Kot Jelenski ?

Et, reprenant un peu de saumon, elle commence à nous expliquer que Kot Jelenski était un amant de Bernard Minoret. Maman a toujours connu Bernard Minoret, son plus ancien ami d'enfance, dont elle a dû faire la connaissance, à Paris, en arrivant de Lituanie, à la fin des années 1930, lorsque sa famille s'est installée à Neuilly, boulevard Richard-Wallace. Les anecdotes abondent sur cette période de son enfance. Un jour que maman avait été invitée à déjeuner chez Bernard Minoret, elle avait eu droit comme entrée à des radis, entrée que les parents de Bernard appelaient « radis au beurre », appellation qui l'avait mise en joie.

Bernard Minoret, que ma mère a de nouveau fréquenté assidûment quand mes parents se sont installés à Paris au début des années 1970, était assurément un personnage romanesque, éminemment proustien, qui pouvait peut-être présenter quelques similitudes, si ce n'est avec Charlus lui-même, avec Robert de Montesquiou. Grand ami de James Lord et de Giacometti, Bernard Minoret a fréquenté Picasso, il dînait avec Dora Maar et prenait le thé avec Cocteau. Et maman, poursuivant ses explications avec délectation en dégustant le saumon, de nous raconter que, au début des années 1950, encore adolescente, elle avait accompagné Bernard Minoret et James Lord dans un local du parti communiste de Nice pour aller chercher des affiches que Picasso avait dessinées pour les *Rencontres internationales de la jeunesse pour la paix.* James Lord avait obtenu l'information de manière confidentielle, et, arrivés là tous les trois dans le garage qui servait de local à la cellule du PCF des Alpes-Maritimes, dans les costumes d'époque qu'on imagine, maman en robe légère et les garçons en pantalon de toile blanc, blazer crème, foulard autour du cou, ils avaient entassé chacun sous leur bras une vingtaine d'affiches de Picasso, et lorsque le secrétaire de section du parti communiste des Alpes-Maritimes avait surgi à l'improviste dans le local et leur avait demandé pourquoi ils voulaient prendre autant d'affiches, James Lord, avec son accent à la Stan Laurel et sa diction précieuse, lui avait répondu : « Mais, c'est pour les coller, pardi ! »

Mais pourquoi n'écririez-vous pas un livre sur l'histoire de votre vie ? lui dit Madeleine.

Maman, reposant son verre, était sans doute prête à admettre qu'un livre sur sa vie pourrait présenter un certain intérêt. Le problème — insurmontable — et je le savais très bien, c'est que, malgré son aisance dans la parole, malgré l'originalité de son regard et la finesse de ses intuitions, elle était incapable d'écrire. Douze lignes étaient un pensum, une demi-page un calvaire. Autant mon père écrivait avec facilité, autant ma mère avait un blocage radical devant l'écriture.

Oui, pourquoi n'écririez-vous pas vos Mémoires ? insistait Madeleine.

Écrire ses Mémoires. Je sentais bien que maman réfléchissait, les noms du cardinal de Retz, de Saint-Simon et de la comtesse de Boigne devaient lui traverser onctueusement l'esprit.

— C'est peut-être un peu prématuré, dis-je.

Maman me regarda. Ma remarque parut lui plaire au plus haut point. Voilà. Si maman n'écrivait pas ses Mémoires, ce n'était pas du tout parce qu'elle avait un blocage avec l'écriture, c'était — j'avais vu juste — parce que c'était prématuré (il est vrai qu'elle n'avait encore que quatre-vingt-six ans).

Tu devrais peut-être procéder différemment, lui dis-je, tu devrais faire comme Stendhal. Elle souleva un œil (faire comme Stendhal n'était pas non plus pour lui déplaire). Stendhal a écrit *La Chartreuse de Parme* en cinquante-deux jours en le dictant à son secrétaire.

Tu n'as qu'à le dicter, ton livre.

Maman acquiesça, songeuse, mais à ma connaissance, cela n'a jamais été plus loin et l'écriture de ses Mémoires n'est toujours pas à l'ordre du jour.

Si je comprends bien, c'est moi qui vais devoir l'écrire, ce livre sur ma mère.

45

Maman, adolescente, quand on lui demandait son nom, s'amusait à l'épeler à toute vitesse avec une fluidité vertigineuse et, plus grande était la vitesse d'exécution de la série — chronométrée une fois à moins de quatre secondes —, plus elle laissait ses interlocuteurs pantois : Lanskoronskis, L, A, N, S, K, O, R, O, N, S, K, I, S.

Maman, en réalité, n'a jamais connu l'origine exacte de son nom. Son père, Juozas Lanskoronskis, ne s'est jamais intéressé aux questions de généalogie, il n'a jamais cherché à remonter aux origines de sa famille. Seul un de ses frères, un oncle de maman, avait fait quelques recherches. Nul doute, pourtant, que Lanskoronskis est un vieux nom de la noblesse polonaise. J'en ai même trouvé la trace chez Zweig — chez Zweig ! — qui écrit, dans son *Balzac*, que la comtesse Hanska ne présente Balzac qu'à ses plus proches amis de la noblesse polonaise, les Lubomirski, les Lanskoronski.

D'après l'oncle de maman, le plus lointain ancêtre putatif de la famille Lanskoronskis était sans doute un noble polonais, qui, au XIXe siècle, avait dû tremper dans une révolte qui avait échoué. Sur le point d'être découvert, il avait pris la fuite et s'était réfugié en Lituanie. Ce serait alors lui, ce noble polonais, l'ancêtre commun de tous les Lanskoronskis de Lituanie. Mais Kot Jelenski, nous raconta maman, n'était pas de cet avis. Il avait une théorie très personnelle sur l'origine de son nom de jeune fille. Issu lui-même d'une grande famille de la noblesse polonaise, il n'avait pas très envie que des Lanskoronskis lituaniens viennent marcher sur ses plates-bandes dans le petit noyau qui gravitait autour de Bernard Minoret, et il préférait laisser entendre que les ancêtres de maman n'avaient rien de nobles. Pour lui, ces Lanskoronskis lituaniens, loin d'être issus de la famille noble des Lanskoronskis de Pologne, étaient en fait tout simplement des Juifs qui avaient changé de nom, comme souvent au cours de l'histoire, pour échapper aux persécutions.

46

Je ne connais pas très bien l'histoire de mon grand-père Lanskoronskis. Le colonel Lanskoronskis est né en Lituanie dans les années 1890, mais même l'année exacte de sa naissance est sujette à caution, car dans son histoire personnelle le calendrier géorgien se télescope avec le calendrier julien qui avait cours à ce moment-là dans la Russie tsariste où il est né. On l'a souvent comparé au général Dourakhine. Il parlait avec un accent pittoresque, omettait les articles, raffolait du « ça » (« ça, inutile, ça »), était autoritaire et colérique. Quand nous étions petits, avec ma sœur, il nous prenait sur ses genoux et nous demandait « Il est comment, bon-papa ? Hein, il est comment, bon-papa ? ». Et ma sœur et moi, d'un seul élan, nous nous écriions, à sa plus grande joie, la réponse qu'il nous avait soufflée : « Épatant ! »

Je me souviens d'une photo de lui, nabokovien, assis dans un transat sur la plage du Coq ou d'Ostende, pieds nus dans le sable, les jambes du pantalon relevées, regardant l'objectif avec une morgue tiède d'élégant écrivain chauve aux yeux plissés et malicieux, ma sœur à côté de lui, droite comme un piquet, une fleur en papier à la main qui provenait de notre magasin de sable, où nous les vendions pour sept ou huit poignées de coquillages. C'est lui aussi, bon-papa Jo (à prononcer « Yo », avec un « j » mouillé, abréviation de Juozas, Joseph en lituanien, c'est d'ailleurs mon deuxième prénom, Juozas), qui, dans un français parfois fleuri, employait régulièrement le mot « typesse » qui m'enchantait : « Je me suis égaré pour venir chez vous, et j'ai demandé mon chemin à une typesse » disait-il, par exemple, encore essoufflé d'avoir monté à pied les trois étages de l'appartement de la rue des Tournelles. Il ajoutait aussitôt d'un air rêveur que la jeune femme à qui il avait demandé son chemin (la typesse) avait été vraiment charmante et l'avait même retenu un instant sur le trottoir, au point que selon les déductions amusées de maman, il avait dû demander son chemin à une des filles de joie qui tapinait rue du Pas-de-la-Mule. Je me souviens également que, enfant, à Sart-Dames-Avelines, lorsque j'avais fait une bêtise, il appréciait particulièrement de me donner des petits coups secs sur la tête avec ses doigts recourbés en pomme de pin (toc, toc, toc, sur mon crâne, ce qui me faisait horriblement mal). Parfois, beaucoup plus tard, à Paris, au début des années 1980, quand je venais lui rendre visite rue de Longchamp, dans ce deux-pièces qu'il occupait, et où je vivrais moi-même quelques années plus tard et où j'écrirais plusieurs versions d'*Échecs*, il me retenait dans le vestibule pour me faire un petit cadeau, et, après s'être fouillé longuement les poches, il me donnait, en en faisant grand cas, un ticket de métro.

En général, d'après maman, il n'aimait pas trop aborder les questions du passé. Même ma mère, toujours friande de généalogie et d'histoires familiales, n'était jamais parvenue à savoir comment il avait vécu les années de la Révolution russe. Ou bien elle n'avait jamais osé le lui demander frontalement, car il s'énervait très vite, il était très irascible, coupait court à toute discussion à la moindre allusion qui le dérangeait et tapait furieusement sa canne sur le sol pour exiger le silence. La seule chose qui était de notoriété publique, c'est qu'il avait eu le typhus pendant cette période. On le retrouvait ensuite à l'École militaire, où la légende voulait qu'il ait partagé les bancs de Saint-Cyr avec le général de Gaulle (ou plus exactement, et l'anecdote est certainement authentique, que le capitaine de Gaulle avait été un de ses professeurs à Saint-Cyr).

Mais de nombreux pans de la biographie de mon grand-père me demeurent inaccessibles.

Ce que je sais, c'est qu'il a quitté la Lituanie fin 1937, ou début 1938, comme diplomate, pour rejoindre Paris comme attaché militaire à l'ambassade de Lituanie.

En juin 1940, la Lituanie, occupée par l'URSS, a disparu. Ce drame national — la disparition pure et simple de son pays —, il a dû le ressentir tragiquement comme tous les Lituaniens, mais plus encore que les autres Lituaniens, dans la mesure où il était diplomate. Du jour au lendemain, mon grand-père s'est retrouvé à moins de cinquante ans sans occupation et sans métier (difficile, naturellement, sans pays, de continuer à faire carrière dans la diplomatie).

En France, à partir de 1955, la communauté lituanienne s'est regroupée autour du père Petrošius.

Responsable de la Mission catholique lituanienne de Paris, le père Petrošius, qu'en famille nous n'avons jamais appelé autrement que *kunigas* (prêtre, en lituanien), organisait, chaque premier dimanche du mois, un déjeuner lituanien, précédé d'une messe. Le déjeuner avait lieu dans la cantine de l'école Massillon, nous entrions par la rue du Petit-Musc, au joli nom primesautier, nous traversions la cour, les bras chargés de plats, recouverts de torchons de cuisine à carreaux (maman faisait souvent de grands saladiers de choucroute froide, de pommes de terre et de harengs), et descendions les escaliers avec précaution, endimanchés, nos plateaux à la main, pour rejoindre le réfectoire, où nous ajoutions nos plats au buffet déjà somptueux, plats variés dans des saladiers et des coupelles, desserts et bouteilles d'alcool hétéroclites, qui se dressaient sur la table.

Les premières fois, au début des années 1970, ces déjeuners lituaniens rituels étaient l'occasion de revoir mon grand-père, qui ne ratait jamais ces rendez-vous lorsqu'il vivait rue de Longchamp. Je le revois, dans l'assemblée, toujours élégant, debout en costume clair avec sa canne, et d'autres figures se mêlent à lui dans la petite foule qui prenait l'apéritif là dans ce réfectoire dans un brouhaha de voix françaises et lituaniennes qu'amplifiait la hauteur des plafonds. Il y avait là *kunigas* bien sûr, au centre de la communauté, avec son col blanc et sa veste grise ecclésiastique, une croix au revers, et d'autres figures familières, Pitas Klimas, le sculpteur Antanas Mončys, et son fils Jean-Christophe, avec qui je suis toujours ami. Mais, parmi toutes ces figures lituaniennes, il y en a une que je revois clairement devant moi dans mon souvenir, c'est Richard Bačkis, dont le visage s'illuminait lorsqu'il nous voyait entrer dans le réfectoire de l'école Massillon. Richard, les yeux brillants de joie, nous écrasait les doigts d'une poigne virile pour nous serrer la main et nous exhalait une bouffée de Gauloise sans filtre au visage, dans un magnifique sourire de bienvenue qui s'ouvrait sur ses dents nicotinées, Richard, qui passait avec souplesse du lituanien au français, où, dans sa voix très grave et comme enrouée par le tabac, apparaissaient parfois d'étranges relents d'accent parigot.

Richard Bačkis, en 1994, quelques années après l'indépendance retrouvée de la Lituanie, allait devenir ambassadeur de Lituanie en France. Son père, Stasys Bačkis, avait été premier secrétaire à la Légation de Lituanie à Paris en 1938, et, comme mon grand-père, il avait vu disparaître son pays dans les tragédies du siècle. Devenu lui aussi diplomate sans pays, Stasys Bačkis était resté en France à la fin de la guerre, avec ses deux enfants, Richard et Audrys, que ma mère avait toujours appelé les « petits

Bačkis ». En fait de « petits Bačkis », Richard était devenu ambassadeur et Audrys a bien failli devenir pape. Très proche du pape Jean-Paul II, Monseigneur Bačkis fut en effet archevêque de Vilnius dès 1991 et deviendra ensuite cardinal, membre de la Congrégation pour l'éducation catholique au sein de la Curie romaine. Mais le plus piquant de l'affaire, c'est que le « petit Bačkis », comme ne cessera jamais de l'appeler maman, qui avait, en effet, quatre ans de moins qu'elle et devait encore passer aujourd'hui à ses yeux pour quelqu'un appartenant irrémédiablement à la bande des « petits », les différences d'âge de l'enfance ne s'oubliant jamais complètement, non seulement n'est jamais devenu pape (ce qui aurait naturellement enchanté ma mère, qui aurait pu fanfaronner dans les dîners en ville, en racontant sur le « petit Bačkis » des anecdotes où le Saint-Père n'aurait pas forcément été à son avantage), mais il avait aujourd'hui atteint la limite d'âge pour voter lors des prochains conclaves. Voilà qui avait dû porter un coup terrible à maman, avoir un ami d'enfance devenu trop vieux pour voter lors des conclaves !

47

J'ai toujours été fasciné par les entrelacements entre le réel et la fiction. Parfois, dans un livre, la fiction est apparente, elle se donne ouvertement à voir, et on admire la virtuosité du montreur de marionnettes ou du tireur de ficelles qui agence les personnages de son roman sur la scène d'un théâtre à l'italienne cerné de rideaux en velours rouge (que l'on songe à la virtuosité de l'ouverture de *Roi, dame, valet* de Nabokov). Certes, la tresse est toujours difficile à dénouer entre ce que l'auteur est allé puiser dans la réalité et les apports spécifiques de son imagination. Parfois l'effet de réel est si fort que l'on croit réellement arrivés des événements fictifs décrits dans un roman.

Fellini raconte que dans le sketch qu'il avait réalisé pour le film *L'Amour à la ville*, il avait inventé une agence matrimoniale sordide nichée au dernier étage d'un immeuble croulant, et l'histoire d'une pauvre fille, qui pour pouvoir se marier, acceptait d'épouser un homme-loup. Il s'en était donné à cœur joie dans le misérabilisme et, lorsque les commanditaires avaient vu le premier montage du film, ils lui avaient dit : « Tu vois, cher Fellini, la réalité est toujours plus fantastique que l'imagination la plus effrénée ! »

A contrario, il peut arriver dans un livre que le réel soit tellement retravaillé et les souvenirs tellement reconstruits que des épisodes autobiographiques réels se mettent soudain à vibrer comme de la fiction sous les yeux du lecteur. Non, l'art n'est jamais

« simple et sincère ». Quand il atteint des sommets, l'art est « fantastiquement trompeur et complexe », s'écrie Nabokov dans un entretien paru dans un vieux *Playboy* (qui doit encore se trouver sous le matelas de ma chambre de la rue d'Achères).

48

J'ai fait la connaissance du grand maître d'échecs Arthur Youssoupov à Berlin en 1994. L'histoire commence quelques années plus tôt, lorsque le directeur des éditions Hanser Verlag m'a demandé si j'avais envie de passer une année à Berlin, car il faisait partie du jury du *Berliner Künstlerprogramm* du DAAD, qui attribuait des bourses à Berlin. Je ne sais plus exactement ce que je lui ai répondu, mais j'ai rempli le dossier et je n'y ai plus pensé, des courriers se sont égarés entre Paris et la Corse, et c'est par téléphone, un jour que je venais aux nouvelles, que j'ai appris que ma candidature avait été retenue.

Aux premiers jours de 1993, Madeleine et moi avons donc quitté Paris dans un de ces trains de nuit légendaires à la lenteur paresseuse, avec Jean, notre fils de quatre ans, et une dizaine de valises et de sacs de voyage. Nous avons été accueillis sur le quai de la gare de Zoologischer Garten par un type qui s'appelait Heinrich, qui nous a conduits dans un superbe appartement berlinois, à Storkwinkel, près de Halensee.

Après avoir enchaîné quatre romans et deux films en moins de dix ans, j'avais à présent l'intention de lever le pied et de faire une pause.

Je suis arrivé à Berlin sans projet particulier, si ce n'est apprendre l'allemand.

Les deux mois qui ont précédé mon départ, je m'étais inscrit au Goethe Institut à Paris, à deux pas du Jardin du Luxembourg (je ne sais pas si j'ai beaucoup progressé en allemand, le souvenir le plus marquant qui me reste de ces studieuses journées d'apprentissage, ce sont les brochettes de poulet que j'allais manger dans un restaurant japonais de la rue Monsieur-le-Prince).

Arrivé à Berlin, j'ai poursuivi sur ma lancée, en m'inscrivant d'abord deux mois dans une école de langue derrière le KaDeWe, puis à la Neue Schule, non loin de la Fehrbelliner Platz. Arrivé à un bon niveau d'allemand, je faisais partie d'un groupe de cinq étudiants émérites qui faisions quatre heures d'allemand intensif tous les matins dans une pièce d'appartement déguisée en salle de classe, autour d'un professeur particulier, un débonnaire barbu méridional, gros pull tricoté à la main, écharpe en laine, qui roulait les « r » à la bavaroise. Parmi les étudiants, je me souviens d'une New-Yorkaise, Evonne ou Yvonne (prénom, quoi qu'il en soit, imprononçable en français), qui était parfois ma voisine, et qui me parlait à l'oreille en allemand de Walter Benjamin dont elle faisait grand cas, je me souviens aussi d'un ou deux Turcs qui parlaient allemand couramment à toute vitesse en faisant plein de fautes, au contraire de moi, qui mettais deux heures à assembler mentalement toutes les contraintes grammaticales du syntagme envisagé, avant de sortir prudemment une phrase qui se terminait par un périlleux «*worden war*»: «*Ich wusste nicht, ob der Auftrag erfüllt worden war*». Applaudissements ironiques de l'assemblée, acquiescement surpris et impressionné du prof bavarois, qui fut encore plus impressionné de découvrir un jour un de mes textes publié dans *Die Zeit* dans un allemand irréprochable (et pour cause, il avait été traduit).

J'ai passé un premier semestre 1993 studieux et heureux à Berlin.

Le matin, après avoir conduit «petit Jean» au *Kindergarten* de la Kaiser-Friedrich-Straße, je prenais le bus, mon sac à dos sur l'épaule, pour rejoindre mon cours d'allemand en révisant mes leçons.

L'après-midi, je faisais consciencieusement mes devoirs. Je venais d'acquérir mon premier ordinateur, un Macintosh LC II, avec une imprimante bornée, butée, rétive, que je passai deux jours à convaincre de bien vouloir imprimer la page de test que j'avais rédigée avec un message complice à l'adresse de Madeleine, du genre : « Regarde, Madeleine, j'ai réussi à imprimer une page ! » (tu parles).

Je me souviens avec nostalgie de mon bureau à Storkwinkel à la tombée du jour, où, à la lueur dorée d'une lampe de chevet, assis dans un de ces fauteuils de metteur en scène en cuir noir à monture tubulaire, je lisais le *Tagespiegel*, un crayon entre les doigts et un dictionnaire à portée de main.

Je me souviens aussi de la grande chambre à coucher de cet appartement de Storkwinkel, du vent tempétueux qui avait fait grincer les volets la première nuit que nous y avons dormi. C'est aussi là, dans le grand lit blanc de cette chambre à coucher, que, le soir, un oreiller derrière le dos, je lisais *Le Monde d'hier* de Stefan Zweig.

Je revois Madeleine, très belle en cet hiver berlinois de 1993, emmitouflée dans une chaude veste en laine blanche moelleuse au col noir. Madeleine avait bien un peu froid quand nous sortions de l'appartement par dix degrés sous zéro et que nous allions nous promener sur les pelouses enneigées de Halensee, mais je lui frictionnais le dos et les épaules sur la rive pour la réchauffer, et, neuf mois plus tard, en novembre 1993, naissait notre fille, Anna, on appréciera la pudeur de l'ellipse.

Je garde un souvenir ému de ce grand appartement berlinois où nous avons passé près de deux ans, murs blancs et meubles fonctionnels, fauteuils Bauhaus, lampes métalliques, sans compter le parquet lisse du salon qui, encore aujourd'hui, me fait irrésistiblement revenir en mémoire les homériques parties de hockey sur glace que je jouais là avec mon fils. Il fallait voir les boulettes qu'il m'envoyait, « petit Jean », avec la mini crosse de hockey que je lui avais achetée, la soulevant jusqu'à l'épaule pour armer son tir et propulser de toutes ses forces dans les airs le petit cube de Lego léger dont nous nous servions comme palet, tandis que, les genoux fléchis, je me tenais un peu gauchement dans les buts, ou, au contraire, quand lui-même, coiffé d'un casque de moto intégral et muni de gants de boxe qu'il avait reçus pour son anniversaire, il défendait ses buts contre mes assauts zigzagants de Tchèque improvisé, quand, en pantalon de flanelle et en chaussettes grises, je patinais librement dans le salon de notre appartement, protégeant la rondelle sous ma crosse, les yeux à l'affût de la moindre ouverture dans la défense adverse, avant de slalomer soudain devant le gardien pour le dribbler et glisser le palet au fond de sa cage d'un dernier revers imparable de la crosse, en évitant l'ultime assaut de tout le corps de ce petit garçon de quatre ans qui se jetait dans mes jambes avec la fougue généreuse dont sa mère faisait généralement preuve pour se jeter dans mes bras.

49

Au printemps 1993, j'ai fait la connaissance de Torsten Fischer.

Torsten Fischer était étudiant à l'école de cinéma de Berlin (la DFFB). Il m'avait écrit pour me faire part de son désir d'adapter au cinéma mon roman *L'Appareil-photo*, qu'il avait lu en allemand dans la traduction de Joachim Unseld. Je venais moi-même d'adapter le livre au cinéma, et le film, *La Sévillane*, venait de sortir en France, ce qui compromettait naturellement le projet. Peu importe, Torsten souhaitait me rencontrer. Un matin, il est venu me chercher en bas de chez moi à Storkwinkel. Je suis monté dans sa voiture, c'était la première fois que nous nous voyions. Nous nous sommes serré la main, et, souriant, une écharpe de laine grise serrée autour du cou, il m'a demandé si je préférais qu'il me parle en anglais ou en allemand, et, en allemand, je lui ai répondu : « En allemand » (*Auf Deutsch*).

Encore aujourd'hui, Torsten est une des rares personnes avec qui je parle allemand.

Ce jour-là, Torsten m'a conduit en voiture jusqu'à Potsdam et nous avons arpenté les allées du château de Sans-Souci en admirant les statues que recouvrait une mince couche de givre. Comme, à son grand regret, il ne pouvait pas adapter *L'Appareil-photo*, il m'a demandé s'il ne serait pas possible que je lui écrive un scénario original. Est-ce que j'étais d'accord ? Oui, j'étais d'accord pour lui écrire un scénario, mais, à une condition, c'est que nous réalisions le film ensemble (ce serait, à moi aussi, mon film de fin d'études).

D'accord ?

Il était d'accord, il était enchanté.

À l'été, je me suis mis à écrire.

Mon idée, c'était de faire un portrait de Berlin, et pourquoi pas un de ces *Stadtfilms* (même si j'ignorais le terme), de montrer la ville telle qu'elle était en cette année 1993, quatre ans après la chute du mur.

J'ai imaginé de suivre quatre trajectoires individuelles dans la ville tout au long d'une journée, quatre personnes qui ne se connaissaient pas qui se retrouvaient par hasard, au même endroit, à un carrefour de Berlin, à 10 h 46, d'où le titre du film : *Berlin, 10 h 46*.

Au cœur du film, les deux personnages principaux,

une photographe française et un architecte allemand, se retrouvent assis par hasard côte à côte dans deux bus à impériale qui attendent à un feu rouge. Dans le passé, ils ont vécu une histoire d'amour, et ils s'aperçoivent là soudain à travers les vitres de leurs bus respectifs, mais trop tard pour se retrouver, le feu passe au vert, et les deux bus repartent dans la circulation en prenant des directions différentes, chacun poursuivant sa trajectoire dans la ville. La vie, quoi.

À côté de la photographe française et de l'architecte berlinois, les deux autres personnages dont nous suivions la trajectoire dans le film étaient un tueur à gages et un grand maître d'échecs.

Pour le tueur à gages, j'avais trouvé une cible de choix à assassiner, mon ami Joachim Sartorius, le directeur du *Berliner Künstlerprogramm* qui m'accueillait à Berlin. Les premiers temps de mon séjour, quand Joachim Sartorius, poète et traducteur, m'invitait à déjeuner chez Ciao, en face de la *Schaubühne*, ou au Einstein Café, il m'intimidait avec sa moue dédaigneuse et sa grande culture un peu distante (il n'avait que dix ans de plus que moi, mais à l'époque j'étais encore impressionné par quelqu'un qui était âgé de près de cinquante ans). Je me souviens que, pendant un de ces déjeuners, nous avions parlé de Claudio Abbado, qui dirigeait alors l'Orchestre Philharmonique de Berlin, et, plutôt que de me parler de ses talents musicaux, il me faisait des commentaires sur sa façon de conduire, me laissant entendre que, selon certaines rumeurs, il ne conduisait pas très bien. Je ne voyais pas très bien pourquoi il me parlait de la façon de conduire de Claudio Abbado, il devait avoir une voiture de sport, me disais-je, qu'il ne devait conduire que d'une seule main, et beaucoup trop vite, l'écharpe au vent, en accélérant dans les grandes lignes droites de Grunewald, avant que je ne comprenne qu'il utilisait en français le verbe « conduire » pour « diriger », qui, quand il s'agit d'un orchestre, sont équivalents dans certaines langues (en anglais, par exemple, *to conduct*). Mais ce n'était pas pour cela que je le faisais assassiner dans le film. La vraie raison de son meurtre, en réalité, demeure obscure (même pour le scénariste que j'étais). Ce n'est pas non plus — pas consciemment, en tout cas — parce que, au moment du meurtre, il se trouvait en compagnie de ma femme. Nous avions en effet donné un petit rôle à Madeleine, qui, dans le film, jouait au ping-pong avec le directeur de la galerie d'art qu'interprétait Joachim Sartorius. Très élégant, en costume et cravate, tenant sa raquette d'une main et une cigarette de l'autre, précieux et appliqué, Sartorius expliquait longuement à Madeleine, tout en jouant du bout des lèvres au ping-pong, une recette de saumon au raifort — avant de se prendre trois balles dans le buffet, et de s'effondrer sur le sol de la galerie.

Mais qui allions-nous choisir pour jouer le rôle du grand maître d'échecs ?

Le champion du monde d'échecs, en ce temps-là, était Gary Kasparov, et les quatre ou cinq grands maîtres qui pouvaient lui disputer son titre à l'époque étaient Anatoly Karpov, Jan Timman, Vassili Ivantchouk et Arthur Youssoupov.

Il se trouve qu'Arthur Youssoupov, à la différence des autres prétendants, avait un physique de cinéma, tête de Raspoutine, forte corpulence, cheveux longs, barbe blonde et soyeuse de pope orthodoxe. Il avait également l'avantage non négligeable de vivre en Allemagne. Il s'était installé à Munich avec sa famille après un épisode romanesque improbable, il avait été blessé par balles lors d'une agression à Moscou, après avoir surpris des cambrioleurs dans son appartement. Vie romanesque, physique de cinéma, et un des meilleurs joueurs d'échecs de notre temps, que demander de plus ?

Nous lui avons adressé une lettre de notre plus belle plume (*Sehr geehrter Herr Yusupov*), adressée à son club d'échecs, le Bayern München, rien de moins.

Réponse de Youssoupov : *Niet.*

Il n'avait pas le temps, ou pas envie, je ne sais plus.

Je dis à Torsten qu'il fallait insister, nous n'avions pas de plan B. J'ajoutai que cela ne servirait sans doute à rien de faire le déplacement à Munich pour essayer de le convaincre en lui parlant du scénario. Je suspectais, fin psychologue que je suis (tiendrais-je de ma mère ?), que, pour faire revenir Youssoupov sur sa décision — comme il en aurait été sans doute pour Czentovic, le champion du monde de la nouvelle de Zweig —, il n'y avait qu'un seul moyen, l'argent, mettre des sacs d'or sur la table. C'était la seule chose susceptible de le convaincre, nous devions aller trouver les producteurs et voir jusqu'à combien de marks ils pouvaient aller. J'ai oublié la somme en deutschmarks proposée, mais Youssoupov a fini par accepter.

50

J'ai une très bonne mémoire. Mais lorsque j'essaie, à plus de vingt-cinq ans de distance, de me souvenir de l'endroit où a eu lieu ma première rencontre physique avec Arthur Youssoupov, plusieurs lieux se mêlent dans mon esprit, l'aéroport de Tegel, où son avion a dû atterrir un soir dans le brouillard en provenance de Munich, l'appartement de Storkwinkel où nous vivions à l'époque avec Madeleine, ou encore l'hôtel Seehof, en bordure du Lietzensee, où la production avait logé Youssoupov pendant le tournage.

Loin de chercher à dissiper cette nébulosité, je suis heureux qu'un voile de brume continue à entourer ma première rencontre avec Arthur Youssoupov.

Mais les choses me reviennent. Le soir de son arrivée à Berlin, nous tournions une scène de nuit du film dans l'appartement de Storkwinkel. Occupés par le tournage, nous ne pouvions abandonner l'équipe technique et les acteurs, et c'est le producteur qui était allé accueillir Youssoupov à l'aéroport. Il l'avait aussitôt conduit dans notre appartement de Storkwinkel, où Madeleine les avait accueillis avec une collation, saumon fumé, olives, bouteille de Sekt. Youssoupov — hôte de marque austère et silencieux — et le producteur attendaient donc avec Madeleine dans le salon que nous finissions de tourner une scène dans la cuisine, tandis que Jean et Anna, un petit garçon en pyjama de quatre ans et demi et un bébé de trois mois, dormaient dans leurs chambres respectives.

Notre appartement de Storkwinkel était méconnaissable, l'équipe du film avait investi toutes les pièces, le sol était encombré de câbles électriques, de caisses de cinéma et d'entassements de vêtements.

Avant même d'avoir jamais vu Youssoupov, je sus par Madeleine, qui vint me glisser l'information à l'oreille pendant que je regardais dans l'œilleton de la caméra, que Youssoupov était très gentil et qu'il avait déjà mangé tout notre saumon (dépêche-toi, me dit-elle).

Finalement, le tournage s'est terminé vers 22 heures, et nous avons rejoint les invités dans le salon, le producteur s'est levé pour faire les présentations et nous avons levé nos verres de Sekt en cercle pour trinquer à la réussite du film, tandis que des techniciens passaient encore derrière nous avec des rails de travelling pour ranger le matériel dans les camions. Je revois très bien Torsten dans ce caravansérail, assis dans le canapé à côté de Youssoupov, qui n'avait toujours pas enlevé son blouson et qui se tenait très raide à l'extrémité du canapé, hochant la tête, avec parcimonie, impassible, ténébreux, pendant que Torsten, un scénario à la main, lui donnait quelques explications. Torsten lui parlait de la première scène où il apparaissait dans le film, la scène de son arrivée à Berlin, quand il débarque d'un Cessna sur un aéroport militaire enneigé. Youssoupov, impénétrable, continuait de hocher la tête, en lâchant «*Ja*» de temps en temps d'une voix de basse russe profonde à la *Boris Godounov*, qui aurait sans doute fait trembler les vitres du salon s'il s'était mis à faire des vocalises.

Pour ma part, j'étais chargé de régler avec lui la partie purement échiquéenne du film, le choix de la partie d'échecs fictive que nous allions disputer, les différentes positions sur l'échiquier. J'appris à Youssoupov que ce serait moi qui jouerais le rôle de son adversaire, le grand maître Lanskoronskis, qu'il allait affronter en quart de finale du tournoi des candidats. J'ajoutai — et je me rendis compte qu'il devait l'ignorer, en voyant la tête qu'il fit lorsque je le lui appris — que c'était moi qui gagnais la partie. Je ne sais pas en quelle langue je lui expliquais tout cela (en allemand, j'imagine, je doute que ce soit en russe), mais je voyais bien qu'il avait l'air extrêmement perplexe, de devoir perdre contre moi (fût-ce dans un film), lui, qui, à l'époque, était un des cinq meilleurs joueurs d'échecs du monde. Oui, désolé, c'est moi qui gagne (je n'y pouvais rien, c'était écrit dans le scénario).

Au sujet de la partie d'échecs que nous jouions dans le film, j'avais simplement dit à Youssoupov que je jouerais avec les Noirs et que c'est moi qui gagnais. Pour le reste, je lui faisais confiance, je lui avais laissé toute latitude pour me proposer une partie, et je ne doute pas que cela avait dû le plonger dans des abîmes de perplexité, il avait certainement dû y passer la nuit, comme aux temps anciens où il y avait encore des ajournements aux échecs.

Le lendemain matin, j'ai rejoint Youssoupov à son hôtel, l'hôtel Seehof, à Charlottenbourg, dans un de ces grands salons déserts dont les portes-fenêtres donnaient sur les rives du Lietzensee gelé. Je me suis assis en face de lui, nous avons commandé un café. Youssoupov avait le visage fermé. Il avait réfléchi. J'avais le sentiment qu'il allait m'annoncer que c'était impossible que ce soit lui qui perde la partie, j'entrevis des discussions sans fin entre acteur et metteur en scène. Mais non. Youssoupov était extrêmement tatillon, et même maniaque sur tout ce qui touchait à la vraisemblance, il avait toujours à la bouche l'adjectif «*unlogisch*» (illogique) — *Das ist unlogisch*, disait-il sans cesse, d'un ton buté, au point que c'était devenu un sujet de plaisanterie entre Torsten et moi de dire à tout propos pendant le tournage, en contrefaisant la grosse voix de basse de Youssoupov: «*Das ist unlogisch*» — mais il ne lui avait quand même pas échappé que nous faisions du cinéma, et aussi désagréable cela pouvait-il lui paraître, il avait accepté de jouer le rôle qu'on lui demandait de tenir, et si, dans le film, il fallait qu'il perde la partie, eh bien, il perdait la partie. Mais en sauvant l'honneur. Voici l'astucieux stratagème que Youssoupov avait mis au point. Il me ferait jouer moi-même, avec les Noirs, la partie qu'il avait gagnée contre Ivantchouk à Bruxelles en 1991, la meilleure partie qu'il ait jamais jouée de sa vie, la fameuse immortelle de Youssoupov (*Yusupov's Immortal Game*, trouve-t-on ici ou là sur internet). Moi, avec les Noirs, je jouerais, dans le film, les coups que Youssoupov avait joués dans la réalité, et lui Youssoupov, avec les Blancs, jouerait les coups qu'Ivantchouk avait joués. Il me dit cela avec gravité, ajoutant avec un fin sourire que, comme ça, quand le film sortirait ou passerait à la télévision, les vrais connaisseurs reconnaîtraient la partie (*ja, ja, sehr logisch*, dis-je). Il sortit précautionneusement de la poche de son blouson deux feuilles volantes qu'il avait dû arracher à un bloc-notes de l'hôtel trouvé sur sa table de nuit et me les tendit par-dessus la table basse. J'examinai ces deux feuilles de bloc-notes aux armes de l'hôtel Seehof, avec armoiries alambiquées et publicité pour Mastercard, qu'il avait dû remplir la nuit dernière à 3 ou 4 heures du matin dans sa chambre d'hôtel après s'être retourné sans fin dans son lit sans parvenir à trouver le sommeil, finissant par recopier à la lueur de la lampe de chevet l'intégralité de cette partie qu'il connaissait par cœur. Ou bien avait-il attendu ce matin et était-ce pendant le petit déjeuner, pris dans ce même salon où nous nous trouvions en ce moment, qui donnait sur le Lietzensee gelé, que, entre son jus d'orange et une assiette de fromages, il avait recopié coup après coup, à mon intention, l'intégralité de l'immortelle de Youssoupov.

Le matin du tournage, j'ai pris le petit déjeuner dans la salle à manger de notre appartement de Storkwinkel, un échiquier posé à côté de moi, sur lequel je jouais et rejouais le début de la partie de Bruxelles entre Ivantchouk et Youssoupov. J'avais les Noirs, et, buvant studieusement une tasse de café, j'observais attentivement l'échiquier pour mémoriser les coups. 1. c4 e5 2. g3 d6 3. Fg2 g6. C'était quoi, cette ouverture ? Une anglaise ? Une défense est-indienne, variante fianchetto ? Je n'avais jamais joué cela de ma vie. Tel un acteur qui apprend son rôle, je devais connaître par cœur les six premiers coups de la partie et maîtriser son dénouement, qu'il était prévu que nous jouerions dans le film en extrême crise de temps. Pour le reste, le rythme de la partie était beaucoup plus lent et sénatorial, la position ne changeait quasiment pas sur l'échiquier. En concertation avec Youssoupov, lors de notre entrevue du Lietzensee, nous avons déterminé ensemble deux moments clés de la partie, après 17. b5 et 22. Cd5, que Youssoupov avait soulignés au Bic bleu sur le feuillet détaché du bloc-notes de l'hôtel. Je révisais ainsi mon rôle dans l'appartement silencieux et désert de Storkwinkel. Madeleine était allée conduire « petit Jean » au *Kindergarten*, le bébé Anna dormait à poings fermés dans la pièce voisine dans la blancheur soyeuse de son berceau berlinois — et moi je voudrais retourner aujourd'hui un instant dans le passé pour me retrouver quelques minutes dans la salle à manger de Storkwinkel à ce moment-là du temps.

51

La grande scène de la partie d'échecs de *Berlin, 10 h 46* fut tournée dans la salle de spectacle de l'Institut français d'Unter den Linden. Lorsque la communauté échiquéenne de Berlin a été informée de la présence du véritable Arthur Youssoupov dans la ville à l'occasion de notre film, un frisson d'enthousiasme a circulé dans ses rangs, et des dizaines de vrais amateurs d'échecs se sont pressés à l'Institut français pour voir le grand maître en chair et en os. C'est le président du *Schachverein* en personne, qui jouait dans le film le rôle de l'arbitre du match, qui annonçait au public que Berlin avait été choisie pour accueillir le quart de finale du tournoi des candidats. Pour ma part, je jouais le rôle de l'adversaire de Youssoupov, le GMI Lanskoronskis, et je suis arrivé en taxi à l'Institut français en fin de matinée, mon costume de scène sur un cintre. Sur la scène du théâtre de l'Institut français, autour de l'échiquier central déjà prêt pour nous accueillir, avaient été disposés un drapeau russe pour Youssoupov et un drapeau lituanien pour moi, et des cartels avec nos noms et nos classements Elo respectifs (2 665 pour Youssoupov, 2 695 pour moi).

Quelques heures plus tard, au même endroit, j'ai proposé à Youssoupov de faire une partie d'échecs. Cela faisait deux jours que je me retenais. Je suis toujours très concentré quand je tourne un film et je m'efforce de ne pas céder aux sirènes de la frivolité, mais cela me démangeait quand même, ayant un des meilleurs joueurs du monde sous la main, de ne pas faire au moins un blitz avec lui.

La partie Youssoupov-Toussaint de février 1994, un blitz de cinq minutes par joueur, s'est déroulée il y a plus de vingt-cinq ans sur la scène du théâtre de l'Institut français. Dire que je me souviens de la partie serait exagéré, seuls les très grands champions sont capables de se souvenir dans le détail d'une partie jouée trente ans plus tôt (moi, je ne me souviens même plus si je jouais avec les Blancs ou avec les Noirs, c'est dire). Je me souviens seulement d'une position inextricablement fermée. Au bout de quinze coups, nous n'avions pas échangé une seule pièce, et peut-être pas même un pion. Compte tenu du matériel considérable qui restait en lice sur l'échiquier, les variantes à calculer étaient d'une complexité infinie. Nous jouions là, très vite (par la force des choses, c'était un blitz), sur la scène de ce théâtre berlinois, jouant notre coup et appuyant sur la pendule, dans la plus totale indifférence de l'assistance. La salle était encore quasiment déserte, seuls quelques techniciens de l'équipe du film déambulaient sur le plateau en tirant des câbles sur la scène. L'ingénieur du son, sa perche à la main, vint jeter un coup d'œil pyrrhonien sur notre position. Rien, cette fois-ci, n'obligeait Youssoupov à perdre contre moi. Ni même à faire une nulle de complaisance, comme certains grands maîtres, dans l'histoire, ont été forcés de le faire en face de leur tyran. Non, il me battit en prenant son temps, avec beaucoup d'égard et de politesse envers le metteur en scène que j'étais, en m'étouffant lentement, cernant ma position et ne m'offrant aucun contre-jeu, puis, m'ayant bien immobilisé, il commença à serrer, très doucement, très lentement, très poliment, à la manière d'un boa constrictor, jusqu'à me couper la respiration, à m'étouffer complètement, et que, comme un judoka paralysé, tout metteur en scène que j'étais, j'en vienne à taper deux fois de la main sur le sol pour abandonner avant de me faire broyer davantage. *Maitta !* Il n'y eut rien de sanglant, on eût dit qu'il avait joué au go.

Puis, le début du tournage approchant, nous sommes allés nous changer dans nos loges. Lorsque je revins sur la scène, en costume bleu nuit et cravate sombre à minuscules pois blancs qui avait appartenu à mon grand-père Lanskoronskis, Youssoupov, l'œil expert, méticuleux, examina longuement ma tenue et parut satisfait de pouvoir valider mon costume, en connaisseur, toujours très tatillon sur la vraisemblance. J'avais déjà remarqué, pour avoir assisté deux fois à des parties de championnat du monde et à un grand tournoi international d'échecs à Paris, qu'en ce temps-là la tenue des joueurs d'échecs de très haut niveau, lors des grandes compétitions, n'était ni plus ni moins qu'un costume de marié (le bouquet venait souvent en complément pour le vainqueur). En attendant, nous étions tous les deux lourdement endimanchés sur la scène. Torsten n'avait pas jugé indispensable de s'habiller lui aussi en marié (deux mariés sur la scène suffisaient), et il demeurait seul derrière l'œilleton de la caméra, en jeans et chemise aux manches retroussées, c'est lui qui était aux manettes ce jour-là.

Après avoir tourné un plan avec le président du *Schachverein* qui présentait les deux joueurs au public, Youssoupov et moi sommes allés nous asseoir de chaque côté de l'échiquier. Nous nous sommes serré la main et Youssoupov, avec les Blancs, a joué le premier coup de la partie, 1. c4. J'ai répondu aussitôt. 1. … e5. Je tenais beaucoup, dans le film, à raconter de façon parfaitement réaliste ce qui se passe réellement pendant une partie d'échecs de très haut niveau. En général, les parties d'échecs qu'on voit au cinéma sont presque toujours invraisemblables, les positions sur l'échiquier sont fantaisistes ou aberrantes. C'est une chose que les non spécialistes ignorent, mais, la plupart du temps, il ne se passe rien, visuellement, pendant une partie d'échecs de très haut niveau. Non seulement, il ne se passe rien pendant quatre heures (au milieu de la partie, il peut s'écouler entre dix et vingt minutes avant qu'un des deux joueurs ne joue un coup), mais il arrive même bien souvent, dans la réalité, pendant un championnat du monde, qu'un des deux joueurs quitte la scène pour rejoindre sa loge. Parfois même, et c'est un moment extrêmement spectaculaire que j'avais envie de montrer dans le film, il arrive que les deux joueurs aient quitté la scène, qu'ils aient disparu tous les deux, l'un n'étant pas encore revenu sur scène, et l'autre, après avoir joué, s'étant retiré dans sa loge sans attendre le retour de son adversaire.

Nous étions précisément en train de tourner un moment de ce genre. Youssoupov, au bout d'une très longue réflexion, venait de jouer son coup, se levait et quittait la scène pour rejoindre sa loge. Moi, en coulisses, j'attendais. Pendant un moment, il n'y avait absolument personne sur scène, seul demeurait l'échiquier abandonné et le bruit étouffé de la pendule qui tournait dans le vide. L'arbitre du match, dans un silence respectueux rythmé par le tic-tac de la pendule, se dirigeait vers un échiquier mural et déplaçait une figurine aimantée pour indiquer le dernier coup joué par Youssoupov et mettre à jour la position. À ce moment-là seulement, le rideau des coulisses se soulevait, et je revenais sur scène, une tasse de café à la main, dans le rôle du grand maître Lanskoronskis que je jouais. Je posais ma tasse de café sur la table, et je me rasseyais, je me mettais à réfléchir en face de l'échiquier.

À d'autres moments, dans le film, je regardais l'échiquier en faisant mine de réfléchir, et plusieurs pensées se bousculaient dans ma tête. Mais je dois confesser que je ne m'intéressais pas tellement à la position échiquéenne que j'avais sous les yeux, j'étais concentré sur mon jeu d'acteur et je m'efforçais de me mettre complètement à la place du grand maître Lanskoronskis dont j'interprétais le rôle, de m'approprier sa gestuelle pour être le plus crédible possible dans cet emploi. Mais, de la même manière qu'apparaît un dédoublement de personnalité chez le docteur B. de la nouvelle de Zweig lorsqu'il se met à jouer aux échecs contre lui-même, je ne perdais jamais de vue non plus que j'étais également le metteur en scène de ce film, et, tout en faisant l'acteur, j'avais des réflexions et des préoccupations de metteur en scène et je ne pouvais m'empêcher de m'observer de l'extérieur, de me survoler mentalement du regard pour corriger tel ou tel point de détail de mon attitude ou de mon expression, pour me donner en quelque sorte des indications de jeu en temps réel. Naturellement, à ce moment-là, la position sur l'échiquier que je scrutais avec intensité, la tête entre les mains, n'entrait quasiment pas en ligne de compte, c'était une surface abstraite que je ne regardais pas vraiment, et si, dans le film, je faisais mine d'analyser plusieurs variantes en profondeur, dans la réalité, je me contentais de faire semblant de les analyser. Mais il devait sans doute en être tout autrement pour Youssoupov. Je me rends compte aujourd'hui, avec le recul, que Youssoupov, comme le docteur B. dans la nouvelle de Zweig, devait lui aussi éprouver un dédoublement de la personnalité pendant cette partie, étant à la fois le Youssoupov qui jouait son propre rôle dans le film que nous étions en train de tourner, qui devait sentir la présence des projecteurs dans son champ de vision et qui devait être conscient de se trouver sur un plateau de cinéma sous le regard d'une caméra (ce qui pouvait peut-être susciter en lui un certain trac, dans la mesure où il n'avait pas l'habitude de faire l'acteur), mais aussi, et surtout, le Youssoupov joueur d'échecs, qui devait revivre en ce moment en regardant l'échiquier les émotions de la partie de Bruxelles de 1991 contre Ivantchouk qui avait été une des parties les plus importantes de sa vie. Certes, il la jouait aujourd'hui à rôles inversés, il jouait avec les Blancs alors qu'il menait les Noirs dans la partie de Bruxelles. Il n'empêche, d'un point de vue purement échiquéen, en regardant aujourd'hui la position qu'il avait sous les yeux sur l'échiquier, c'était sans doute les variantes qu'il avait dû analyser à l'époque qui devaient remonter à la surface dans son esprit. Qu'a-t-il pu ressentir, quelle émotion saillante a-t-il pu retrouver ce jour-là, lorsque, au vingt-troisième coup, j'ai sacrifié un Cavalier sous ses yeux, 23. … Cxh4 !

52

Ce matin, je suis de nouveau arrêté dans mon élan.

Mais ne pas céder à la tentation de commencer à me relire tout de suite, continuer à écrire.

Je me suis levé à 6 heures, il fait beau, j'ai de

l'énergie, je rejoins mon bureau pour travailler, mais je ne sais pas trop comment poursuivre.

La veille, j'ai terminé l'écriture de l'épisode de Youssoupov à Berlin.

De temps à autre, je quitte mon bureau et je vais réchauffer du café dans la cuisine. Le salon est ensoleillé, la porte-fenêtre du balcon est ouverte, et un soleil généreux entre dans l'appartement.

Plusieurs semaines se sont écoulées depuis le début du confinement.

Aux premières heures de la crise, pour vaincre le désœuvrement qui paraissait me menacer, j'ai établi un projet littéraire qu'on pourrait dire tricéphale, constitué de trois tâches enchevêtrées, que j'envisageais de mener à bien simultanément, la traduction du *Joueur d'échecs* de Zweig, un essai plus général sur la traduction, et l'écriture de ce livre.

Le projet, depuis, a beaucoup évolué.

Le premier volet du projet, la traduction de la nouvelle de Zweig, suit son cours. J'y travaille tous les après-midi, j'en suis quasiment aux deux tiers. J'ai traduit avec beaucoup plus de facilité que prévu la grande et fastidieuse explication que le docteur B. donne sur le pont du bateau au sujet de ses activités de conseil juridique et de gestion de fortune auprès des grands couvents. C'est un passage qui ne m'intéressait pas particulièrement, surtout en comparaison des passages consacrés aux échecs, mais je me suis mis à l'ouvrage et j'ai avancé vite, je n'ai pas rencontré de difficultés particulières. Ce premier volet de mon projet est en somme le plus conforme au cahier des charges que je m'étais fixé au début de la pandémie.

Le deuxième volet, au contraire, l'idée de consacrer un essai plus général à la traduction, a purement et simplement été abandonné.

Ce qui m'intéresse avant tout maintenant, c'est ce livre que je suis en train d'écrire.

Ici, dans le livre, est le vrai, le juste, le nécessaire.

J'ai l'impression, en m'immergeant dans ce livre, de retrouver mon élément naturel. L'urgence de l'écrire, la patience de le façonner, de le polir, de l'affiner, et, en temps voulu, de le reprendre depuis le début, sans cesse, à l'infini, de le retravailler, encore et encore.

Car je ne peux concevoir un livre sans corrections *ex post facto*.

Faire des corrections *ex post facto* qualifie cette pratique récurrente de l'écriture qui consiste à faire des modifications *a posteriori*, comme par exemple barrer des phrases ou ajouter des paragraphes. L'expression *ex post facto* est généralement traduite en français par « postérieure aux faits », donc postérieure à l'écriture elle-même, c'est une expression latine qui désigne une loi décrétée après un fait, qui peut s'appliquer de façon rétroactive.

Dans le cas de l'écriture littéraire, on pourrait distinguer deux grands types de corrections *ex post facto*, celles qui concernent le style et visent à améliorer la forme, qui ont par exemple pour objet de revoir une tournure de phrase ou de préciser un terme. Ces corrections sont indispensables, elles sont même le chiffre secret d'un travail littéraire exigeant.

Mais il y a aussi, autrement sulfureuses, certaines corrections qui concernent la modification voire la falsification des faits, les corrections qui visent à corriger une première impression trop hâtive, que l'avenir n'est pas venu confirmer, ou à transformer un jugement initial, que la suite des événements serait venue démentir.

C'est particulièrement vrai dans un journal littéraire, ou dans un livre autobiographique.

Pierre Bayard, dans un livre pas encore paru à l'heure où j'écris ces lignes (on admirera ma prescience), évoque l'exemple de Saint-John Perse, qui, au moment de la publication de ses œuvres complètes dans la Pléiade, s'était livré à de nombreuses manipulations, bidouillages et interpolations, allant jusqu'à insérer dans le volume une lettre visionnaire datée de janvier 1917, qui réussissait l'exploit de décrire l'influence de la Révolution russe, qui n'avait pas encore eu lieu, sur la Révolution chinoise, qui ne s'était pas encore produite.

Sans prendre toujours ce caractère fourbe et caricatural, les corrections *ex post facto* s'exposent au soupçon de manipulation. Elles sont, par nature, suspectes. On soupçonne le calcul, on flaire la mauvaise foi. Très souvent, d'ailleurs, les écrivains prennent soin d'affirmer, avec solennité, une main sur le cœur, qu'ils refusent d'y recourir. Une fois qu'ils ont écrit une page, ou un chapitre, ils ne reviennent plus dessus. Je me souviens que Javier Marías avait dit un jour quelque chose qui m'avait beaucoup frappé, c'est que, dans les fictions qu'il écrivait, il ne revenait jamais en arrière pour corriger un fait. S'il avait écrit, par exemple, d'un personnage qu'il n'avait pas d'enfant, il n'allait pas, quarante ou cinquante pages plus loin — parce que, soudain, pour telle ou telle raison romanesque stratégique ou pour mener à bien quelque brillante combinaison tactique, il avait besoin, dans sa fiction, que son personnage ait un enfant —, revenir en arrière dans son manuscrit pour faire la minuscule correction rétrospective nécessaire et pouvoir ensuite continuer librement son roman comme il l'entendait. Non. C'était un principe auquel il ne dérogeait pas. Il est possible que, si cette intransigeance de refuser toute correction rétrospective liée aux faits m'a autant frappé quand j'ai lu cet entretien, c'est que moi-même, au contraire, je suis toujours prêt à revenir en arrière pour transformer le cas échéant les faits à ma convenance. Et si, quand j'écris, je m'efforce toujours de suivre la ligne de jeu principale, je ne manque jamais d'examiner toutes les bifurcations potentielles, d'étudier toutes les variantes possibles, avec l'idée d'explorer tous les chemins qui se présentent à moi pendant l'écriture d'un livre.

53

C'est donc ce livre que je suis en train d'écrire qui est devenu l'objet de toutes mes attentions.

Longtemps, il n'a pas eu de titre, j'ai simplement noté « Journal ». J'ai pensé également lui donner un sous-titre, qui viendrait le qualifier d'un mot en italique à la manière de Thomas Bernhard, *une décision*, *un effondrement*, *une irritation*. Cela aurait été, comment pouvait-il en être autrement, *un confinement*. J'y ai renoncé, car c'est précisément ce que je voulais éviter, de traiter, dans ce livre, exclusivement du confinement.

Je voulais que ce livre soit bien autre chose, je voulais qu'il soit une ouverture, une disponibilité, une liberté, une audace, mais aussi un rempart contre le monde extérieur, un talisman, une égide. Je voulais que ce livre soit une réflexion plus ample sur la littérature, je voulais que ce livre dise l'origine de ce livre, qu'il en dise la genèse, qu'il en dise la maturation et le cours, et qu'il le dise en temps réel. Je voulais que ce livre soit sensible, concret, malicieux, humain, ombrageux, imprévu, généreux, je voulais que ce livre soit tout à la fois un journal intime et la chronique d'une pandémie, je voulais que ce livre ouvre la voie à la tentation autobiographique, qu'il soit une conjonction de hasards et de destinée, de contingences et de nécessité. Je voulais que ce livre ait une dimension de *kairos,* de moment opportun, puisque c'est la crise sanitaire qui l'a suscité et que jamais je ne l'aurais écrit si nous n'avions vécu la pandémie de Covid-19. Je voulais aussi évoquer dans ce livre l'affleurement de la vieillesse qui commence à m'envelopper comme une brume inexorable qui monte autour de moi, je voulais que ce livre traite autant des ouvertures que des fins de partie, je voulais que ce livre me raconte, m'invente, me recrée, m'établisse et me prolonge. Je voulais raconter mon enfance dans ce livre, dire ma jeunesse et mon adolescence, je voulais débobiner, depuis ses origines, mes relations avec le jeu d'échecs, je voulais faire du jeu d'échecs le fil d'Ariane de ce livre et remonter ce fil jusqu'aux temps les plus reculés de mon enfance, je voulais qu'il y ait soixante-quatre chapitres dans ce livre, comme les soixante-quatre cases d'un échiquier.

Mais, en dessous de ces puissantes eaux de surface, sous les grands courants du journal intime et de l'autobiographie, je sentais gronder et se mouvoir des courants beaucoup plus intimes et essentiels. J'avais l'intuition que le sujet secret de ce livre, enfoui au plus profond de moi, restait encore à découvrir.

Fellini raconte que, la veille du tournage de *Huit et demi*, à Rome, inquiet, égaré, désorienté, ayant complètement perdu le fil de son nouveau projet — d'où lui était donc venue l'idée initiale, le premier contact, la première étincelle ? —, ne sachant plus ce qu'il faisait et ce qu'il devait faire, il avait commencé une lettre à son producteur, pour lui annoncer qu'il renonçait au projet. Et il en était là, au milieu de cette lettre, lorsqu'il s'est entendu héler par le chef-machiniste, qui l'appelait de la cour du studio et lui demandait de descendre un moment parce que Gasparino, un autre machiniste, fêtait son anniversaire et offrait un verre de prosecco, il aimerait bien que le « *dottore* » soit aussi présent.

> Et me voilà, au studio, raconte Fellini. Les charpentiers, machinistes, peintres, étaient en

train de m'attendre, tous verre en main, et tout autour d'eux s'élevait la grande cuisine en construction qui reproduisait celle de la maison de campagne de ma grand-mère, un tantinet dilatée par le souvenir. Gasparino, sa casquette de maçon sur la tête et son marteau pendouillant sur sa cuisse, débouche la bouteille : « Ce sera un grand film, *dottore*, à votre santé ! Vive *Huit et demi* ! » Il remplit les verres, tout le monde applaudit, et moi je ressens bien la honte de mon naufrage, le dernier des hommes, le commandant qui abandonne son équipage. Je ne remonte pas dans mon bureau, où m'attend la lettre à achever, je m'assieds vide et sans mémoire sur un banc de jardin, au milieu des allées et venues pressées des ouvriers, des techniciens, des comédiens appartenant à d'autres troupes. Je me dis que je me trouve dans une situation sans issue : je suis un metteur en scène qui voulait faire un film dont il ne se souvient plus. Et voilà, c'est juste le moment où tout se résout : j'entre du coup au cœur de mon film, je raconterai tout ce qui était en train de m'arriver, je ferai mon film avec l'histoire d'un réalisateur de films qui ne sait plus ce qu'était le film qu'il voulait faire.

J'aime me souvenir de cette anecdote quand il m'arrive de me demander quel est le sujet du livre que je suis en train d'écrire. Car, le sujet d'un livre, je le sais d'expérience, loin d'être permanent et immuable, peut changer en cours de route. Et cet escamotage, ce tour de passe-passe-là, de voir le sujet de son livre se dérober à soi, se faufiler comme une anguille et nous fuir entre les doigts, il faut pouvoir l'envisager aussi quand on écrit.

54

Je me suis souvent demandé ce qui définit l'espace mental de l'écriture d'un livre. Comment appréhender cet espace clos qui permet pourtant à la pensée un rayonnement illimité ? Comment le délimiter, comment circonscrire cet espace intime qui ne s'appréhende ni en superficie ni en volume, mais plutôt en durée, les heures et les semaines que l'on consacre à l'écriture ? Ne perçoit-on pas, quand on écrit, que notre esprit est séparé, de façon étanche, du monde extérieur, de ses périls, de ses épreuves ? Aujourd'hui, plus que jamais, dans un monde que la crise sanitaire a rendu hostile, je me sens en sécurité quand j'écris. Le monde extérieur ne cherche d'ailleurs même plus à cacher son jeu, et de sournoisement hostile qu'il a toujours été, il est devenu, avec la pandémie, ouvertement hostile.

Qu'importe ce que je recherche à travers l'écriture, qu'importe, finalement, ce que les livres racontent, l'écriture est cet abri mental dans lequel je me réfugie pour résister au monde. Le livre, pendant que je l'écris, devient un sanctuaire, un lieu clos où je suis protégé des offenses du monde extérieur. C'est en moi qu'il se terre, c'est en moi que se trouve le livre que je suis en train d'écrire, voilé, inconnu, et c'est à moi d'aller à sa rencontre. J'émets cette hypothèse : j'écris pour mettre au jour quelque chose d'enfoui, pour délier en moi quelque chose de noué. Je l'ai déjà dit dans d'autres circonstances, quand on écrit, il faut plonger, très profond, prendre de l'air et descendre, abandonner le monde quotidien derrière soi et descendre dans le livre en cours, comme au fond d'un océan. On n'atteint pas le fond tout de suite, il y a des étapes, des paliers de décompression. Dans les premières phases de la descente, on pressent encore le monde visible au-dessus de soi, on peut encore le voir, on peut encore s'en inspirer. C'est qu'on n'est pas descendu assez profond, il faut descendre encore, persévérer. À partir de 130 mètres, on ne voit quasiment plus rien, on commence à deviner des ombres nouvelles, le souvenir des personnes réelles s'estompe, des créatures fictives apparaissent et nous entourent, un grouillement de micro-organismes vivants de tailles et de formes diverses. Nous sommes dans un monde trouble, entre la réalité et la fiction. On descend encore, et, au-delà de 200 mètres, plus aucun rayonnement solaire ne nous parvient. C'est que nous avons atteint le territoire de l'urgence, le monde des abysses, plus de 300 millions de kilomètres carrés d'obscurité et de silence où règnent des pressions écrasantes et où prolifèrent d'incessantes présences aveugles, d'infimes potentialités de vie en mouvement. Nous y sommes, c'est la bonne profondeur, nous avons maintenant le recul nécessaire, la distance idéale pour *restituer* le monde, pour retranscrire, dans les profondeurs mêmes de l'écriture, tout ce que nous avons capté à la surface.

Chaque livre qu'on écrit est une quête pour atteindre ce continent englouti. Quel que soit le nom que l'on donne à cette Atlantide — le territoire de l'urgence ou l'intérieur même de notre esprit —, c'est la destination ultime de toute quête littéraire. Passé les colonnes d'Hercule qui en gardent l'accès, on pénètre prudemment dans l'enclos de l'île engloutie. Comme lors d'une plongée sous-marine à la rencontre d'une épave oubliée, on aperçoit autour de soi un rideau d'eau très sombre, que nul projecteur intérieur ne parvient à éclairer, un monde immobile et figé, abandonné depuis des siècles, dans lequel il est dangereux de s'avancer et qu'il est périlleux de vouloir déflorer. Les fonds marins, ici, sont riches de gisements, on aperçoit ce monde minéral étincelant qui brille au fond des mers, l'airain, le zinc, le cuivre et l'orichalque, et on pressent que se tiennent là, inaccessibles, les gisements secrets de notre vie intérieure. On voudrait attaquer immédiatement l'extraction, à mains nues, et prélever quelques échantillons de notre vie psychique pour les ramener à la surface, les exposer à la lumière, les étiqueter, les classer, les nommer, mais on n'est pas suffisamment armé, on est sans outils, sans pince, sans bras manipulateurs pour vaincre les résistances de la roche et ramener au jour la moisson de minerais convoités. Alors, l'esprit en suspension, on continue de flotter à l'horizontale entre deux eaux. Dans les espaces immergés qu'on parcourt lentement, on croise les vestiges d'une île engloutie, des murs en ruine, une végétation fabuleuse mangée d'algues et de lichens, et on observe ces monticules de sédiments mystérieux, ce limon infranchissable de couches de souvenirs enfouis, d'émotions disparues, de douleurs tues, vives, lointaines, de traumatismes oubliés, de pulsions morbides, d'inhibitions, certaines persistantes, d'autres vaincues, d'élans affectifs mort-nés, d'espérances brisées, de vexations infimes, de blessures d'amour-propre, dont les fragiles lueurs luisent sous l'eau dans le scintillement inaccessible de nos ténèbres intimes.

L'écriture romanesque est une méthode de connaissance de soi. Il suffit de supposer que les épisodes d'un livre, ce qu'un livre évoque, ce qu'il convoque, ce qu'il raconte, les images qui le hantent, les mots qui le composent, ne surviennent jamais par hasard et traduisent toujours une fatalité qui le dépasse : un conflit psychique, un désir inconscient, un nœud secret qu'il s'agit d'élucider. Dès lors, l'écriture d'un livre serait cette quête qui consiste à essayer de faire apparaître, à dévoiler, à mettre en mots ou à formuler, ce nœud secret, profondément enfoui, inexprimé, qui peut être autant source de terreur que trésor inestimable.

C'est un parcours vers les origines. L'origine, voilà, le moment initial de l'apparition d'une chose, son étincelle primitive. Le livre que je suis en train d'écrire est un livre d'origine. C'est l'histoire d'une vocation, non pas comment je suis devenu joueur d'échecs — non, je ne suis pas devenu joueur d'échecs —, mais comment je suis devenu écrivain.

Dans ce livre, voici ce que j'ai mis au jour : mon père m'a interdit symboliquement de le battre aux échecs, mais il m'a autorisé *tacitement* à devenir écrivain. Je n'ai pas eu la vocation, j'ai eu la permission.

55

À mon retour du Portugal, à la fin de l'été 1979, je me suis mis sérieusement à l'étude des échecs. J'ai acheté des livres, je me suis penché sur la théorie. Je ne me suis pas inscrit à proprement parler à un club, mais je suis devenu un habitué du rayon échecs de la bibliothèque du centre Pompidou. Le centre Pompidou avait été inauguré deux ans plus tôt, en 1977, et la polémique qu'avait suscitée son architecture était encore fraîche dans les esprits, on se gaussait ouvertement de ce centre qui avait été surnommé « Notre-Dame de la Tuyauterie ». Je me souviens qu'en 1978, sur les bancs de Sciences Po, pour faire rire l'assistance, quelque maître de conférences, les lèvres pincées dans un sourire de philistin, ne manquait pas de demander finement, maintenant que le Centre avait ouvert ses portes depuis plus d'un an, quand on allait pouvoir enfin enlever les échafaudages. Pour ma part, l'enchevêtrement chaotique de passerelles et de tubes bigarrés de cette architecture novatrice me plaisait plutôt. En vérité, à l'époque, passant les portes du centre Pompidou, je n'avais pas conscience d'entrer dans un lieu emblématique de l'architecture du XXe siècle. Je venais en voisin, j'habitais encore rue des Tournelles. Je passais les portes vitrées et je traversais le forum pour aller rejoindre les escalators, où je me laissais porter par les escaliers mécaniques de la chenille qui monte le long de la façade en laissant traîner mon regard à travers la baie vitrée. Ce qui s'étendait là sous mes yeux, ce bouquet de toits de zinc hérissés de cheminées qu'on voyait s'étendre dans la brume jusqu'à la coupole du Panthéon, c'était Paris à l'automne 1979. Mais, sur le moment, cette image que j'avais sous les yeux n'était pour moi ni plus ni moins que le réel, je n'avais pas conscience qu'une vue de Paris à l'automne 1979 pourrait un jour se nimber de nostalgie.

Arrivé au premier ou au deuxième étage (je ne sais plus, c'était il y a plus de quarante ans), il fallait redescendre encore un niveau pour rejoindre le rayon échecs. Je traversais une immense salle de lecture où des centaines d'usagers se consacraient à l'étude, apercevant déjà au loin, le long de la baie vitrée, la grande table blanche couverte de jeux d'échecs, qui était le quartier général de notre cénacle, la vingtaine de passionnés d'échecs dont je faisais partie. Nous avions privatisé les lieux, nous nous les étions appropriés, nous apportions nos propres échiquiers qui n'étaient pas fournis par la bibliothèque, nos boîtes de pièces et nos pendules personnelles. Nous faisions là des blitz entre nous, nous analysions en groupe des parties récemment jouées, certains debout, d'autres assis de profil, en amazone, une fesse en équilibre sur la table, dans un brouhaha de voix et un désordre de mains qui venaient modifier la position, chacun y allant de son propre commentaire. Régulièrement, quelqu'un se levait pour aller chercher un livre spécialisé dans les rayons, qu'il rapportait, feuilletait debout en apportant à l'assemblée quelque précision stratégique sur la position que nous étudiions, puis déposait le traité sur la table, où il allait se joindre aux entassements de livres qui s'amoncelaient autour de nous en piles irrégulières. Le rayon échecs de la bibliothèque du centre Pompidou était exceptionnellement riche, il s'étendait sur trois rangées. On y trouvait, classés par ordre alphabétique, une véritable encyclopédie de toutes les ouvertures d'échecs répertoriées, ainsi que des livres et des revues sur l'histoire du jeu et la biographie des champions en plusieurs langues. Il était rare qu'un non-initié se joigne à nos colloques, parfois un curieux s'attardait devant la table où nous jouions, nous observait un instant et repartait. Nos relations étaient plus houleuses avec l'administration du Centre, qui tolérait nos activités, mais nous rappelait souvent à l'ordre. Il n'était pas rare qu'un responsable de la bibliothèque, et parfois même une haut gradée, jupe grise, lunettes austères, vienne nous admonester quand nous faisions trop de bruit ou si l'un d'entre nous avait été surpris en train de manger. Je me souviens d'un barbu à lunettes, qui, sur le coup de 13 heures, sortait immanquablement son sandwich en douce de sa sacoche, le dissimulait sous la table et le mangeait pensivement, tout en réfléchissant à la position sur l'échiquier. Pilier de notre cénacle, pas le meilleur d'entre nous, mais le plus jovial, il était présent en permanence à notre table et ne quittait les lieux qu'à la fermeture de la bibliothèque (j'appris plus tard, incidemment, qu'il dormait dans sa voiture). C'est également là que je fis la connaissance d'un informaticien, plus réservé, plus intellectuel, qui a traversé ma vie comme un figurant dans un film, la seule chose dont je me souvienne de lui après toutes ces années, c'est que nous disputions des parties longues rue de Longchamp dans l'appartement de mon grand-père. Il sonnait, et je lui ouvrais la porte, nous traversions le couloir et nous allions nous installer à mon bureau, que j'avais débarrassé au préalable de ma machine à écrire et des brouillons de mes premières tentatives littéraires. Là, dans cet appartement vieillot où avait vécu mon grand-père, nous nous tenions en face de l'échiquier pendant au moins quatre heures et, si je ne me souviens aujourd'hui ni du nom ni du visage de mon adversaire, je me souviens très bien qu'il ouvrait par 1. e4 et que je répondais 1. … e6, je jouais contre lui la défense française (j'avais même, à l'époque, acheté un livre thématique exclusivement consacré à cette défense).

En quelques mois, j'ai fait beaucoup de progrès. Je maîtrisais mieux le jeu d'échecs, j'avais assimilé quelques grands principes incontournables (se développer, contrôler le centre, roquer). Cette année-là, à l'automne 1979, je passai plusieurs week-ends à Bruxelles pour rendre visite à mes parents. Mon père avait été nommé rédacteur en chef du *Soir*, et ma mère, au printemps précédent, avait ouvert la librairie Chapitre XII, dont elle voulait faire un lieu de culture et de rencontres. La librairie était ouverte le dimanche matin, et là, autour du bar où étaient servis des croissants, s'éparpillait autour de deux tables de marbre une faune disparate et décontractée qui venait boire le café, amis de mes parents, journalistes, fonctionnaires européens. Un de ces dimanches, alors que j'étais arrivé de Paris depuis la veille et que j'avais dormi comme d'habitude dans ma chambre au troisième étage de l'avenue des Klauwaerts, j'avais rejoint mes parents en fin de matinée dans la librairie, et j'avais apporté un jeu d'échecs et une pendule. J'allai faire la bise à mes parents, saluai quelques habitués et je m'assis à une table à l'écart, commençai à disposer les pièces sur l'échiquier. Je me réjouissais de partager avec mon père mes nouvelles connaissances échiquéennes, mais, ce matin-là, pris par la conversation, passant d'un groupe à l'autre en sa qualité de « mari de la libraire » (il était très fier de cette appellation, qui avait autant de prix à ses yeux que directeur du *Soir*), mon père n'eut pas le temps de faire une partie avec moi. Il est vrai que l'œil d'un ami de mes parents s'est immédiatement illuminé quand il a aperçu l'échiquier, et que, salivant encore plus en se rendant compte que j'avais même une pendule, il a jeté son dévolu sur moi et nous avons enchaîné blitz sur blitz dans le brouhaha dominical enfiévré des premières années du Chapitre XII. Tout au long de ce week-end, en vérité, je ne me suis douté de rien. Mais, à un moment, j'ai bien dû me rendre à l'évidence : dès qu'il s'est rendu compte que j'avais progressé aux échecs, mon père n'a plus voulu jouer contre moi. Il ne me l'a pas dit en ces termes, mais il s'est arrangé pour esquiver systématiquement toutes mes approches. La manière dont il s'y est pris était intéressante, et je ne m'en suis d'ailleurs pas aperçu tout de suite. Deux ou trois fois, dès ce premier week-end, alors que j'essayais de dire un mot de ma nouvelle passion pour les échecs dans le petit salon du deuxième étage, mon père, par un regard réprobateur et une mauvaise humeur affichée, comme s'il voulait écarter de la conversation quelque sujet qui l'importunait, s'est arrangé — sans un mot, en se contentant d'une certaine manière de croiser les bras sur la poitrine en me regardant d'un air intimidant (il avait quelque chose de Jérôme Lindon dans ces cas-là) — pour me faire comprendre qu'il ne voulait plus entendre parler de cette question, de façon que je n'ose même plus lui proposer de faire une partie. De ce jour, les échecs ont été bannis de la maison, ils sont devenus un sujet tabou avenue des Klauwaerts. Je ne m'attendais pas du tout à cette réaction. Je pensais sincèrement, en arrivant à Bruxelles, partager une complicité nouvelle avec mon père autour de l'échiquier. Je me trompais. Mon père ne pouvait s'affranchir de la dimension symbolique du jeu d'échecs. En découvrant l'échiquier et la pendule que j'avais apportés de Paris, il avait dû les percevoir comme une menace, et même une menace diabolique, qu'il n'a eu de cesse de tenir à distance, observant cette pendule avec une méfiance soupçonneuse (il n'a même jamais voulu apprendre comment elle marchait), comme s'il s'agissait d'un poinçon que j'avais apporté à son intention. *Tu quoque mi fili !* Mon père ne pouvait admettre que je le batte aux échecs. Et, de fait, il est resté invaincu. Je n'ai plus jamais fait une partie d'échecs avec mon père, je n'ai plus jamais vu mon père jouer aux échecs (même, bien plus tard, avec ses petits-enfants, en qui il aurait pourtant retrouvé des adversaires à sa portée, qu'il aurait pu battre avec pédagogie, en profitant de ses victoires pour les instruire). Je me suis parfois demandé, par la suite, si la vraie raison pour laquelle j'ai commencé à jouer sérieusement aux échecs à l'automne 1979, c'était pour battre mon père. C'est possible. L'hypothèse peut être envisagée. Mais c'était sans doute inconscient (et, si c'était inconscient, on voudra bien admettre que je n'en étais pas conscient). Ce qui me frappe surtout, c'est que les deux passions qui sont nées à cette époque de ma vie — les échecs et la littérature —, ont pris leur envol au même moment, de façon concomitante, sans doute parce qu'elles m'offraient l'une et l'autre une protection intellectuelle inégalable contre les menaces du monde extérieur.

56

J'ai commencé à écrire à l'automne 1979. Je ne m'intéressais pas à grand-chose dans la vie à cette époque. Je n'avais encore aucun goût pour la lecture, je ne lisais pratiquement pas. À cet autoportrait engageant, à cette indolence foncière qui me caractérisait, je pourrais ajouter, pour nuancer le tableau, qu'il y a toujours eu chez moi, en complément de cette réserve de façade, de cette nonchalance apparente, quelques touches acérées et inattendues de vif-argent, quelques purs éclats de mercure, foudres et flamboiements, créativité exacerbée, sadisme, mégalomanie (on s'arrête là ?). Je me souviens, vers treize ans, à Paris, avoir écrit un jour à la main, de ma ronde écriture juvénile, un texte qu'on pourrait dire littéraire, en cela qu'il n'avait aucune utilité pratique. Il n'était en rien une rédaction ou un devoir pour l'école. Je l'avais écrit pour le plaisir. Le texte avait beaucoup fait rire ma mère, à la fois interloquée et charmée par ce mélange décapant d'humour et de mégalomanie chez le petit garçon réservé que j'étais, qui attendait son avis debout devant sa chaise en la regardant de ses yeux doux d'épagneul (le texte s'appelait *Quand je serai grand, je serai dictateur*, qui consistait en un panégyrique des futures fonctions officielles auxquelles j'aspirais).

57

Pendant plusieurs mois, j'ai continué de fréquenter assidûment la bibliothèque du centre Pompidou. C'était toujours les mêmes têtes que je croisais à notre table d'habitués qui jouaient aux échecs devant la baie vitrée, mon ami barbu jovial plus ou moins clochardisé, l'informaticien taciturne, quelques autres silhouettes que je saluais de loin, mais tous ces noms et ces visages ont aujourd'hui disparu de ma mémoire, se sont lentement effacés et fondus dans la substance immatérielle du temps.

Un seul demeure, Gilles Andruet.

Un jour, surgi de nulle part, émergeant sans transition des profondeurs de la bibliothèque de Beaubourg, apparut Gilles Andruet (personne ne l'avait encore jamais vu, ce n'était pas un familier de notre groupe). Il s'approcha de notre table, le pas lent, goguenard, les mains dans les poches, veste de surplus américain, cheveux bouclés, lunettes rondes.

Il longea la table derrière nous en jetant un coup d'œil sur les parties en cours.

Un temps d'arrêt devant un échiquier, regard oblique expérimenté sur la position.

Il alla se placer au bout de la table :

— Je vous prends tous à l'aveugle, dit-il.

Il y eut un blanc, un moment d'incrédulité, des échanges de regards, on avait cessé de jouer et tout le monde avait relevé la tête pour se tourner vers le nouveau venu. Sans se départir de son sourire goguenard, il attendait. Bouille ronde, visage juvénile, impertinence et charme irrésistible. Il répéta son offre, la nuança, proposa d'affronter les cinq meilleurs d'entre nous en une « simultanée à l'aveugle ». Le défi fut relevé, les parties en cours interrompues et il s'ensuivit une nouvelle effervescence, des conciliabules autour de la table pour désigner nos cinq champions. On commença à faire de la place sur la table, à ranger les manuels, à empiler les livres théoriques. Lorsque les préparatifs furent achevés, nos cinq champions se tenaient assis en rang d'oignons le long de la table, chacun devant son échiquier, ceux qui ne jouaient pas debout derrière eux, par petits groupes, pour les seconder.

Gilles Andruet attendait sagement à l'écart que tout le monde fût prêt. Il s'était retiré devant la baie vitrée et nous tournait ostensiblement le dos pour ne pas être suspecté de regarder en douce les échiquiers. C'est bon, on peut y aller ? Alors, sans reprendre son souffle, d'une seule haleine, il entama la simultanée :

— Échiquier un : 1. e4. Échiquier deux : 1. d4. Échiquier trois : 1. c4. Échiquier quatre : 1. e4. Échiquier cinq : 1. d4.

Je n'avais jamais assisté à une simultanée à l'aveugle, et je découvrais le spectacle avec une grande excitation. Quelque chose de prodigieux était en train de se passer sous mes yeux. Les joueurs, assis à la table en face de leur échiquier, annonçaient leur coup, et Gilles Andruet, qui nous tournait le dos, répondait instantanément. Cela avait quelque chose d'un numéro de cirque, d'une performance de music-hall, Gilles Andruet était l'illusionniste sur la scène d'un cabaret, le magicien ou le prestidigitateur, l'as de la synesthésie, qui régalait le public des prouesses de sa mémoire phénoménale. Cela m'impressionnait d'autant plus que, à l'époque, j'ignorais que tout joueur d'échecs de bon niveau est capable de jouer une partie à l'aveugle, et même, avec un peu de pratique et d'entraînement spécifique, d'affronter plusieurs adversaires sans voir l'échiquier. En 1933, Alekhine, ouvrant le bal, s'était ainsi mesuré à l'aveugle à trente-deux adversaires, et, le record, aujourd'hui, est détenu par un grand maître qui s'est servi de la méthode mnémotechnique dite du palais de la mémoire pour affronter simultanément quarante-huit adversaires. Ce Timour Gareïev, originaire d'Ouzbékistan, a choisi de faire son show en 2016 en direct de Las Vegas, et, pour l'aider dans sa performance, il avait exigé un accessoire particulier, auquel je n'aurais pas pensé spontanément, une bicyclette de fitness. Pendant toute la durée de la simultanée, il avait pédalé lentement sur son vélo d'appartement, les yeux bandés, seul au milieu du cercle de ses adversaires assis devant leurs échiquiers.

Au centre Pompidou, les cinq parties contre Gilles Andruet étaient déjà bien entamées. Ce qui m'avait déjà semblé spectaculaire au départ devint proprement fascinant au bout d'une quinzaine de coups, où, sur chaque échiquier, apparaissaient des positions imbriquées particulièrement complexes. Je suivais la partie de mon ami barbu jovial, même si toute trace de jovialité avait maintenant disparu de son visage. Debout derrière lui, je me penchais parfois pour lui murmurer un mot à l'oreille en désignant du doigt une pièce sur l'échiquier. C'était à nous — à lui — de jouer, et il hésitait. Finalement, à contrecœur, il se décida à prendre le pion d, et annonça : « c prend d4 ». Gilles Andruet s'accorda un temps de réflexion, il pouvait reprendre avec le pion ou avec le Cavalier et semblait hésiter, c'était la première fois qu'il ne répondait pas instantanément. Finalement, il reprit avec le Cavalier. J'observais Gilles Andruet à distance. Immobile devant la baie vitrée, les mains dans les poches de sa veste de surplus américain, il lui arrivait de fermer un court instant les yeux pour visualiser plus précisément telle ou telle position, mais la plupart du temps, il se contentait de regarder droit devant lui en surplombant la ville, les yeux dans le vague, le regard perdu au loin vers la rue Quincampoix qui s'étendait en contrebas.

En dépit, ou à cause, des conseils que je lui avais prodigués, mon ami barbu fut le premier à abandonner. Bien qu'il eût la position sous les yeux, il n'avait pas vu la fourchette que le prestidigitateur qu'il affrontait avait sortie de sa manche, et, dès qu'il s'était retrouvé avec une pièce en moins, il avait eu l'élégance de ne pas insister. Dépité, il avait murmuré « Bravo » d'un ton amer, et avait renversé les pièces devant lui sur l'échiquier comme s'il voulait effacer la position. Peu à peu, insidieusement, un attroupement s'était créé autour de la table, des lecteurs qui cherchaient un livre dans d'autres rayonnages s'arrêtaient un instant dans l'allée et ne regagnaient pas tout de suite leur place, s'approchaient de la table pour suivre le spectacle à distance. Gilles Andruet continuait d'annoncer ses coups à voix haute, et tout le monde l'observait dans un respect silencieux. Il ne lui resta bientôt plus qu'un seul adversaire, sans doute le meilleur joueur de notre cercle. Nous nous étions tous regroupés autour de lui pour suivre sa partie. Jusqu'ici, Gilles Andruet avait joué avec la plus grande concentration, dans un silence impressionnant, mais maintenant qu'il ne lui restait plus qu'un seul adversaire et qu'il devait considérer qu'il avait partie gagnée, il commença à se détendre, à gigoter sur place, et même à faire quelques commentaires ironiques, on vit de nouveau s'esquisser sur ses lèvres l'ombre de son sourire goguenard. Même si la finale de pions qui se présentait sur l'échiquier nous semblait relativement égale, Gilles Andruet avait dû apercevoir mentalement une suite gagnante, qu'il se contentait de décliner, coup après coup, en attendant que son adversaire s'incline, ce qu'il l'invitait ouvertement à faire, en le chambrant de plus en plus. Son dernier adversaire finit par capituler et Gilles Andruet acheva la simultanée invaincu. Il y eut alors un tonnerre d'applaudissements, une véritable ovation dans la bibliothèque de Beaubourg. Gilles Andruet fut entouré comme un navigateur solitaire qui revient au port, on le prit en photo, on lui fit signer des autographes, quelqu'un lui glissa une couronne de fleurs polynésiennes autour du cou tandis qu'on le portait en triomphe à travers les salles de lecture. Gilles Andruet souriait à la foule des lecteurs, levait un bras, modeste (bon, certains détails relèvent peut-être moins de la vérité historique que de la légende, mais cela donne une idée du prestige que Gilles Andruet acquit auprès de nous ce jour-là).

58

Gilles Andruet revint au centre Pompidou. Il se mit à fréquenter assidûment notre cercle. Il avait trouvé en nous une cour à sa mesure, qui l'admirions et faisions grand cas de ses dons exceptionnels, en échange de quoi il avait l'amabilité de continuer à nous battre de temps en temps aux échecs en nous tournant le dos, sans même nous accorder un regard. Il y a toujours eu ce côté généreux chez

Gilles Andruet, flamboyant, le goût de l'épate, de la parade, du panache. Nous avions le même âge, je suis né fin 1957, lui en 1958. Lorsque je l'ai rencontré, nous avions tous les deux vingt et un ans, et nous avons tout de suite sympathisé. Mais, qu'on ne se méprenne pas, il y avait une immense différence de statut entre nous, car, si j'étais l'aîné de quelques mois, lui était la star. Mais, dès qu'il arrivait dans la bibliothèque du centre Pompidou, Gilles Andruet se dirigeait droit sur moi, non pas pour jouer aux échecs (il avait compris que ce n'était pas là mon point fort), mais pour venir aux nouvelles, traînasser en ma compagnie. Il s'asseyait à côté de moi sur la table de la bibliothèque, jetait un coup d'œil sur le journal que j'étais en train de lire et nous parlions de choses et d'autres. Nous commentions l'actualité, il me consultait sur différentes questions générales, puis de plus en plus privées. Je devins son confident, son conseiller. Alors que nous nous connaissions à peine, il s'adressait à moi comme à un vieil ami, une personne de confiance qu'il venait consulter sur ses rapports avec ses parents, le déroulement de ses études. Devait-il reprendre des études ? Ma foi. Fort de mon expérience personnelle, je lui conseillais de s'inscrire à la fac, au moins pour avoir une carte d'étudiant. Moi-même, après Sciences Po, j'avais commencé une licence d'histoire, et je n'avais eu qu'à m'en féliciter, cela me donnait accès au restaurant universitaire de Mabillon, sans compter les réductions au cinéma. Faisant grand cas de mes avis, très à l'écoute du discernement pondéré de mes paroles de sage, il m'entraînait souvent dans de grandes promenades dans la bibliothèque du centre Pompidou, où nous poursuivions à voix basse de longs colloques déambulatoires, comme deux séminaristes qui font le tour de la cour intérieur du couvent dans une lente promenade péripatéticienne. Parfois, si nous parlions trop fort, quelque lecteur relevait la tête de son livre et nous engageait à faire moins de bruit en posant un doigt à la verticale sur sa bouche. Nous baissions la voix sans prêter davantage d'attention au protestataire, et poursuivions côte à côte notre paisible circumnavigation pédestre autour de la bibliothèque. Ayant fini un premier tour, nous repassions devant la table où nos camarades jouaient aux échecs, et il n'était pas rare que nous repartions aussitôt pour un nouveau tour, en poursuivant notre conversation à voix basse sous les tubulures bleues du plafond de la salle de lecture de la bibliothèque de Beaubourg. C'était assez piquant que Gilles Andruet fasse appel à moi comme conseiller pédagogique, car je n'ai jamais été un étudiant modèle, ni même assidu. Des trois années que j'ai passées à Sciences Po, je me souviens essentiellement de la bibliothèque de la rue Saint-Guillaume, où je tuais le temps à feuilleter des polycopiés et à lire le journal, de quelques cafés dans les parages de l'école, parmi lesquels le Basile, qui existe toujours, à l'angle de la rue de Grenelle, sans oublier la cantine du Ministère, où nous allions déjeuner avec quelques amis en nous faisant passer pour de jeunes hauts fonctionnaires. Je n'ai jamais très bien su de quel Ministère il s'agissait, mais nous disions « le Ministère », et ce nom de Ministère avait à l'époque dans mon esprit une sorte d'aura fabuleuse. Je me souviens aussi de cette librairie d'échecs légendaire du boulevard Saint-Germain, non loin du cinéma Hautefeuille, où j'ai passé des heures à suivre sur un échiquier mural les parties du championnat du monde de 1978 qui opposait Karpov à Kortchnoï. Je venais en voisin, de la rue Saint-Guillaume, et, debout parmi les passionnés d'échecs, je me mêlais à la foule très dense qui se pressait dans cet étroit local, cabans, pantalons pattes d'éléphant et longues écharpes indiennes effilochées. Car, même si nous l'ignorions sur le moment, nous étions tous vêtus comme dans un film de Truffaut, *L'Amour en fuite* par exemple, avec la séduisante Marie-France Pisier (avec qui, puisqu'un souvenir en appelle un autre dans le grand palimpseste de nos vies, je dînerais vingt ans plus tard dans une brasserie du même boulevard pendant la préparation d'un de mes films).

Mais, si j'étais loin d'être qualifié pour remplir auprès de Gilles Andruet le rôle de conseiller pédagogique qu'il attendait de moi, j'étais encore plus illégitime pour être son conseiller conjugal.

— Est-ce que tu crois que je dois quitter Colette ? me demanda-t-il un jour, et il s'arrêta dans l'allée de la bibliothèque du centre Pompidou.

Je n'avais aperçu Colette qu'une seule fois. Elle était, et restera maintenant à jamais dans mon souvenir, vêtue d'un chemisier blanc et d'un gilet en laine bleue. On ne pouvait imaginer couple plus disparate, lui avec sa tignasse bouclée et sa veste de surplus américain, et elle, les cheveux lisses et la jupe plissée, ce qui conférait quelque chose d'extraordinairement romanesque à leur union. Nabokov, dans *La Défense Loujine*, réussit très bien le portrait de la femme du champion, Natalia, qui, à certains égards, me fait rétrospectivement penser à Colette. Dès que je l'avais aperçue, j'avais trouvé que Colette avait un côté vieillot. Mais vieillot, en 1979, cela nous ramenait tout de suite aux années 1960, aux premiers films de Truffaut, la saynète de *L'Amour à vingt ans*, quand Antoine Doinel rencontre Colette (Colette !), qui est interprétée par Marie-France Pisier (Marie-France Pisier !). J'imaginais très bien, comme dans le film, que Colette eût pour père le sympathique et débonnaire Daniel Ceccaldi, mais il semble que je confonde tout, Ceccaldi joue le père de Claude Jade. Peu importe, c'est Ceccaldi que je voyais dans la scène que j'imaginais, Daniel Ceccaldi et madame à table dans une sombre salle à manger, les tentures tirées, avec une grosse horloge en chêne et une toile cirée à motifs floraux, accueillant, pour le dîner, le petit ami de leur fille. Je voyais très bien Gilles Andruet dans la famille de Colette, ne sachant que faire de son sourire goguenard et de son indienne du Roi, et gardant une ombre de sourire angélique sur les lèvres, les yeux baissés sur son assiette. Puis, après le dîner, je continuais de très bien voir notre ami Gilles Andruet se retirer dans la chambre de Colette, où il passait la nuit (et je ne m'attarderai pas sur ce que je voyais très bien qu'ils pouvaient faire ensemble à ce moment-là), et retrouver ses beaux-parents, au petit matin, dans la cuisine. Un des problèmes récurrents de Gilles Andruet, c'est qu'il ne savait jamais trop où dormir, cela faisait deux mois maintenant qu'il s'était installé chez Colette, et il avait des scrupules à squatter ainsi l'appartement de sa petite amie, d'autant, me confia-t-il, qu'il avait le sentiment que les parents de Colette n'appréciaient que modérément sa présence. Je me remis en route dans la bibliothèque du centre Pompidou, et, après mûre réflexion, je conseillai à Gilles Andruet de ne pas quitter Colette, d'abord parce que je n'aime pas les ruptures (même pour les autres, c'est plus fort que moi, je dois être sentimental), et ensuite, et surtout, parce que cela ne réglerait en rien la question de son logement, au contraire. Mais je voudrais clarifier la situation, me dit-il, j'ai le sentiment de m'imposer, tu comprends. Pas de rupture, dis-je, et je lui posai suavement la main sur l'épaule. D'accord, dit-il en baissant la tête, et il se remit en route, pensif, résigné à suivre ma recommandation.

Quelques semaines plus tard, j'ai trouvé la solution. J'étais sur le point de quitter ma chambre de la rue des Tournelles pour m'installer rue de Longchamp dans l'appartement de mon grand-père. L'appartement de la rue des Tournelles était devenu une colocation où demeuraient ma sœur, mon ami Gilles Galud (mon plus ancien complice, dont j'ai fait la connaissance en terminale), d'autres amis encore qui se sont succédé là au fil du temps. « Les Tournelles », dans notre entourage, est devenu un nom générique pour désigner une époque et un groupe d'amis. Chacun avait sa chambre personnelle, avec cuisine et salle de bain communes. Ma chambre devenant libre, j'ai donc proposé à Gilles Andruet de la reprendre. Tenté par la proposition, il me dit qu'il devait consulter son père, ajoutant qu'il me donnerait une réponse très vite. Le lendemain, quand il reparut à la bibliothèque de Beaubourg, il me dit que c'était d'accord. C'est ainsi que j'ai eu l'occasion de croiser deux ou trois fois le père de Gilles Andruet dans les couloirs de la rue des Tournelles. Athlétique, les cheveux gris en brosse, souriant, les épaules larges, ce monsieur, pour moi, n'était rien de plus que le père d'un copain, mais c'était en réalité une légende du sport automobile, Jean-Claude Andruet, alias La Panique, plusieurs fois champion de France, vainqueur du Rallye de Monte-Carlo et du Tour de Corse. Moi, qui n'avais pas mon permis de conduire, cela ne m'impressionnait que modérément. Mais, plus tard, les échos atténués des exploits de Jean-Claude Andruet m'ont poursuivi jusqu'en Corse, où tout le monde a un souvenir personnel avec lui et chacun se souvient de ses dérapages contrôlés gravillonnés au volant de sa mythique Alpine Berlinette.

59

Le temps a passé. J'ai repris des études, je me suis inscrit à un cycle supérieur d'histoire du XXe siècle, je ne fréquentais plus la bibliothèque de Beaubourg, je vivais maintenant rue de Longchamp dans l'ancien appartement de mon grand-père. De temps en temps, je passais voir Gilles Andruet rue des Tournelles. En quelques mois, ma chambre s'était complètement métamorphosée. Gilles Andruet n'avait pas de meubles, il avait déposé un simple matelas par terre sur la moquette comme dans certaines habitations japonaises, et tout reposait en vrac au niveau du sol, des sacs en plastique et un désordre de cartons, d'échiquiers et de livres, une valise ouverte, quelques vêtements, des pendules d'échecs et des oranges — des oranges ! — partout des oranges dispersées sur la moquette. Lorsque je venais lui rendre visite, je me frayais un chemin entre les pelures d'orange, et je m'asseyais avec lui sur la moquette, écartant du bras, pour faire de la place, quelques vêtements en boule et une pile de vieux magazines d'échecs soviétiques (Шахматы в СССР, Шахматный бюллетень). Parfois, en arrivant ou en partant, je croisais dans la pénombre du couloir de la rue des Tournelles quelque Russe en survêtement ou un Yougoslave taciturne qu'il avait invité à venir disputer une partie longue dans sa chambre (quels temps pittoresques que ceux de ma jeunesse où l'on pouvait encore croiser des Yougoslaves !). En 1980, Gilles Andruet n'était pas encore le grand champion qu'il allait devenir. Il obtiendrait deux ans plus tard sa troisième norme de maître international et deviendrait champion de France en 1988. Mais c'était déjà un joueur de premier plan. Jusqu'à présent, compte tenu de la différence de niveau entre nous, j'avais assez rarement joué contre lui. Mais, depuis quelque temps, il ne négligeait pas de faire un blitz avec moi. Toujours à court d'argent, éternellement fauché, souvent endetté, le rusé Andruet s'était rendu compte qu'il pouvait me prendre aisément de la thune aux échecs, et il ne s'en privait pas. Il le faisait en toute camaraderie, en toute générosité, c'était une occasion unique pour moi de m'aguerrir au jeu rapide, m'expliquait-il, et son visage s'éclairait d'un grand sourire innocent et goguenard, d'une mauvaise foi désarmante. Mais, si Gilles Andruet était tout en rondeur à l'extérieur (bouille ronde, joues rondes, lunettes rondes), il était d'acier à l'intérieur, tranchant et acéré, impitoyable quand il jouait aux échecs, flairant le sang comme un requin et ne laissant aucune chance à ses adversaires. Chaque fois qu'il gagnait une partie, il ajoutait un trait vertical sur un morceau de papier, au bout de cinq il les barrait d'un trait horizontal. Ces écritures cabalistiques, qui se propageaient sur la feuille comme un bonhomme pendu inéluctable, figuraient les pertes financières qui s'ajoutaient régulièrement à mon ardoise (cinq francs, dix francs, j'ai oublié quel pouvait être l'enjeu de ces parties). Il remettait rapidement les pièces en place sur l'échiquier, s'emparait de la pendule, la réglait avec soin entre deux doigts, la reposait entre nous, et c'était reparti, le massacre pouvait continuer.

Il m'avait consenti un handicap de temps, j'avais droit à cinq minutes et lui à une seule minute pour toute la partie, soixante petites secondes, on imagine la vitesse avec laquelle il jouait ses coups dans ces blitz démentiels qu'on accumulait dans la chambre de la rue des Tournelles. Assis l'un en face de l'autre sur la moquette, nous déclinions à toute allure les coups de l'ouverture, nous nous accordions une respiration — une demi-seconde — pour considérer la position au milieu de la partie, puis le rythme s'accélérait en une fois, nous échangions les pièces comme des forcenés et jouions la finale en zeitnot réciproque, jouant et tapant sur la pendule, jouant et tapant sur la pendule, on eût dit qu'il réussissait à jouer et à taper simultanément sur la pendule, jouant et tapant sur la pendule, comme s'il parvenait à immobiliser le temps, il avançait son pion, jouait et tapait sur la pendule, son pion passé isolé qui avançait irrésistiblement devant moi jusqu'à faire Dame. Je ne gagnais jamais une partie (dans le meilleur des cas, j'avais une position gagnante, mais je perdais au temps).

60

Je continuais de m'intéresser aux échecs. Un weekend, je fis même un bref aller-retour à Bruxelles spécialement pour affronter le grand maître Kortchnoï dans une simultanée. L'événement était organisé par le club d'échecs d'Anderlecht, par l'entremise de Pol Mathil, un journaliste du *Soir*, spécialiste du bloc soviétique et de la dissidence et ami personnel de Kortchnoï. Mon père était à ce moment-là directeur du *Soir*, et, la veille de l'exhibition, un dîner avait été organisé à la maison en l'honneur de Kortchnoï. Le cocktail d'apéritif s'était tenu dans la librairie Chapitre XII privatisée pour l'occasion. Je garde très peu de souvenirs de cette soirée pourtant mémorable. Kortchnoï, cerné, le teint cireux, quelques cheveux gris épars sur le crâne, ne m'avait pas paru particulièrement charismatique. Vêtu d'un triste costume grisâtre, il portait une chemise verdâtre et une cravate brunâtre. Je me souviens seulement que, comme quelqu'un demandait à Kortchnoï de citer un grand coup d'échecs, il avait répondu que cela dépendait du contexte, qu'il n'y avait pas de grand coup d'échecs en soi, que cela pouvait être un coup de pion, un simple coup de pion. Je regardais Kortchnoï, son verre à la main, debout à côté de ma mère sous les lustres illuminés du Chapitre XII. Il avait le regard perdu au loin, et je sentais qu'il était en train de se remémorer avec ravissement quelque coup de pion joué trente ans plus tôt dans un tournoi de cité balnéaire. Le décor avait dû s'estomper de sa mémoire, les velours et les boiseries du casino où se jouaient les parties s'étaient dissous dans le passé, seule émergeait encore, dans les brumes du temps, la merveille positionnelle de ce pion a4 splendidement isolé à la gauche de l'échiquier quand il avait joué 27. a4 !

Le lendemain, j'avais retrouvé Kortchnoï au club d'échecs d'Anderlecht. J'étais un des quarante élus qui avaient le privilège d'affronter le grand maître en simultanée. Après un bref discours des officiels, Kortchnoï, qui attendait au centre de la pièce, toujours vêtu de son costume grisâtre, entama la simultanée et commença à tourner autour des tables, passant d'échiquier en échiquier pour jouer le premier coup. Lorsqu'il arriva à ma hauteur, les deux mains en appui sur la table, il releva les yeux vers moi et me considéra un instant avec perplexité, comme s'il se demandait s'il ne m'avait pas déjà vu quelque part (les grands joueurs d'échecs sont souvent dotés d'une mémoire phénoménale). Mais il ne parut pas se souvenir qu'il avait dîné chez moi la veille. Il n'en laissa rien paraître en tout cas, il ne m'adressa aucun signe de connivence ou de reconnaissance, il se contenta de jouer son coup d'ouverture, 1. Cf3. La partie se transposa très vite en une sorte d'ouest-indienne hétérodoxe, pour ne pas dire dissidente. Je perdis un pion dès l'ouverture, et je me contentai ensuite de me calfeutrer derrière ma ligne de défense et de prier mentalement en attendant que ça passe, comme on ferme les yeux au plus fort d'un bombardement. Au bout de quelques heures de jeu, la nuit était tombée dehors, et nous n'étions plus que trois rescapés à affronter Kortchnoï dans la salle du club d'échecs d'Anderlecht. Quelques curieux s'étaient assemblés derrière moi. Restant sur mes positions et ne quittant pas mes lignes arrière, n'ayant rien entrepris, j'opposais une résistance tenace à Kortchnoï. Mais, lorsque, au bout de six ou sept heures de siège, il parvint à forcer l'échange des Dames, épuisé par la tension nerveuse, j'abandonnai immédiatement (et sans doute prématurément, je le devinai au regard étonné que me lança Kortchnoï). Mais tu as raté la nulle ! s'écria Andruet en me secouant le bras, lorsque, à mon retour à Paris, j'analysai la partie avec lui dans la chambre de la rue des Tournelles, tu as raté la nulle contre Kortchnoï ! Ne nous attardons pas sur l'ouverture, où je n'avais pas brillé (contre 1. Cf3, j'aurais dû jouer une Réti, me fit savoir doctement Andruet). Mais passons. Selon lui, l'idée, très personnelle, de ne rien entreprendre, c'est sans doute ce qu'il y avait de mieux à faire contre Kortchnoï, tu as très bien fait d'éviter l'échange des Dames. Nous avons revu une première fois la partie dans son intégralité, à genoux côte à côte sur la moquette grise de la chambre de la rue des Tournelles, puis une deuxième fois, plus lentement, en analysant les variantes et en bougeant les pièces, et alors, en une fois, s'emparant de ma Dame, il la posa, il la vissa, sur la case g4. Dame g4 ! Dame g4, putain ! Il eut un regard de triomphe. Tu as vu ça ? Son excitation allait toujours crescendo. Il s'était transporté en pensées devant l'échiquier en face de Kortchnoï. C'est lui qui jouait maintenant, et il m'expliquait les enjeux de la position. Tu vois, on menace mat en deux coups, dit-il, on menace Kortchnoï de mat ! Le mat est imparable, la seule chance pour Kortchnoï de s'en sortir, c'est de nous faire un échec perpétuel. Ce n'est pas nous qui proposons la nulle, c'est Kortchnoï, acculé, pour se sauver, qui nous fait un échec perpétuel ! Non seulement on parvient à faire nulle contre Kortchnoï, mais c'est une nulle magnifique, une nulle qui vaut symboliquement une victoire, une nulle dont on pourra être fier toute notre vie ! Au lieu de ça. Au lieu de ça, quoi ? dis-je. Au lieu de ça, rien, t'as raté Dame g4, dit-il, et il rangea les pièces, déçu de n'avoir pas pu jouer la partie lui-même contre Kortchnoï.

Malgré ma défaite, je sentais que ma partie contre Kortchnoï m'avait fait remonter dans l'estime d'Andruet, j'avais accédé au statut prestigieux de celui qui avait *failli* faire nulle contre Kortchnoï. Toujours bienveillant, Gilles Andruet m'entraînait maintenant parfois dans ses virées nocturnes et me faisait profiter des agréments de son prestige quand nous nous rendions ensemble à la Bolée. Le caveau de la Bolée, dont la légende dit qu'il avait été fréquenté par Rimbaud et Verlaine (et même, en son temps, par François Villon, qui se serait assis à la table où nous buvions une bière Andruet et moi) était un lieu mythique de la scène échiquéenne parisienne du début des années 1980. Pour accéder au repaire, il fallait passer sous un porche dissimulé aux regards, aux allures de passage secret, qui donnait sur la place Saint-Michel, descendre quelques marches dans la pénombre et les odeurs d'urine et s'aventurer le long de la silencieuse rue de l'Hirondelle, aux allures de coupe-gorge. Passé une grande porte en bois sous un porche, on accédait à une cave en pierres apparentes aux allures de club de jazz de Saint-Germain-des-Prés. La Bolée restait ouverte jusqu'à l'aube. Il n'y avait pas encore grand-monde quand on arrivait vers 23 heures. Gilles Andruet était là chez lui, c'était sa deuxième maison, comme d'ailleurs tous les hauts lieux des échecs à Paris. Il serrait la main du serveur par-dessus le bar au passage, et nous allions nous installer dans la grande salle voûtée du fond, où une dizaine d'habitués s'affrontaient dans des brumes de fumée de cigarettes qui ne se sont pas encore complètement dissipées dans ma mémoire depuis les années 1980. Je prenais place sur une banquette, et je regardais Andruet jouer ses blitz à la pendule avec différents adversaires dont il venait aisément à bout. Il jouait distraitement, poursuivant plusieurs conversations à la fois, disant bonjour à la patronne, échangeant un mot avec son voisin. Parfois, intrigué, il se penchait en avant vers l'échiquier et réfléchissait, relevait les yeux vers son adversaire et lui disait ironiquement : « Ah, le gars la joue, cette partie, le gars la joue. » La partie se poursuivait et Andruet, se balançant lentement d'avant en arrière sur la banquette, répétait en cadence « le gars la joue, le gars la joue ». Parfois, il se taisait un instant pour réfléchir, avant de reprendre la scansion binaire antérieure, « le gars la joue, le gars la joue », qu'il répétait tout au long de la partie, accélérant le rythme dans le zeitnot final, « le gars la joue, le gars la joue », dans un ballet bien rodé, une chorégraphie bien huilée, où il se permettait à l'occasion la fantaisie de quelques entrechats, la toquade de quelques pas glissés. Se soulevant sur place pour jouer, et appuyant sur la pendule d'un coup sec, de façon ostensible, parfois en gardant à la main le Fou qu'il venait de prendre, il répétait mécaniquement « le gars la joue, le gars la joue » de façon incantatoire. Comme dans les mantras, la puissance d'invocation de la formule tenait moins à la signification, assez pauvre, de l'énoncé qu'aux effets hypnotiques et vibratoires qu'il lui insufflait en répétant à l'infini «le gars la joue» comme un refrain ésotérique qui n'avait plus aucune signification particulière. La nuit se poursuivait. Parfois, nous restions dans l'arrière-salle enfumée du caveau de la Bolée jusqu'à l'aurore, et nous n'en sortions qu'au petit matin.

J'ai encore un souvenir avec Gilles Andruet qui date de cette époque. Le jour se lève sur Paris, nous venons de quitter la Bolée et nous nous éloignons en direction de la Seine, on devine dans la pénombre l'imposante silhouette de pierres de la fontaine Saint-Michel. Un ciel d'aube, chargé de nuages noirs et bleus menaçants, s'élève au-dessus du fleuve. Et soudain, alors que nous sommes en train de traverser le carrefour Saint-Michel désert, se fait entendre derrière nous un bruit de tonnerre — un heurt, un impact brutal, un choc très violent —, qui nous fait nous retourner à l'unisson. Ce n'est qu'une poubelle que quelqu'un a renversée sur le trottoir, un peu plus loin, place Saint-Michel, mais je vis plus tard, dans ce coup de cymbale, comme la préfiguration du destin tragique de Gilles Andruet.

61

J'ai rencontré Madeleine en mars 1981.

Elle portait un pantalon blanc et un pull noir ras du cou en laine douce et légère. La première fois que je l'ai vue, elle avait une infime trace de rouge à lèvres sur les dents. Ce sera la première contribution de Madeleine à mes livres ultérieurs. Lorsque, dans *La Salle de bain*, le narrateur va accueillir Edmondsson à la gare, il remarque que, sur les dents, elle a une minuscule trace de rouge à lèvres.

Dès le premier instant, Madeleine aura été pour moi une source d'inspiration intarissable. N'est-ce pas à Madeleine que j'ai pensé quand j'ai imaginé, dans *Nue*, la notion de *disposition océanique*, à partir du *sentiment océanique* que Romain Rolland définit comme la volonté de faire un avec le monde hors de toute croyance religieuse ? Oui, bien sûr. Car Madeleine, comme Marie, possède ce don, cette capacité singulière, de trouver intuitivement un accord spontané avec les éléments naturels, avec la mer, dans laquelle elle se fond avec délices, nue dans l'eau salée qui enrobe son corps, avec la terre, dont elle aime le contact physique, primitif et grossier, sèche ou un peu gluante dans la paume de ses mains.

Dans *Les Émotions*, j'évoque ma première rencontre avec Madeleine, rue Blainville à Paris, en mars 1981.

Certes, la scène est cryptée, on ne reconnaît pas nécessairement Madeleine sous les traits d'Elisabetta, et le décor n'a rien à voir, un appartement parisien près de la place de la Contrescarpe pour Madeleine, et une chapelle romane de style pisan pour Elisabetta, mais, dans les deux cas, moi ou le personnage du roman, nous l'avons aimée au premier regard, quelque chose de son rire, un éclat de ses yeux, une façon de me regarder avec le sourire qui me donnait le sentiment d'être béni des cieux.

Je me souviendrai toujours de ce détail, que Madeleine avait une minuscule trace de rouge à lèvres sur les dents le jour où je l'ai rencontrée. Pour le reste, je me souviens très peu de la soirée réelle de mars 1981 où je l'ai rencontrée. C'était lors de l'anniversaire de Catherine, une cousine de Madeleine qui était en classe à l'École alsacienne avec Anne-Do, ma sœur. Je me souviens d'avoir dansé avec Madeleine sur le parquet de bois de l'appartement de la rue Blainville, je me souviens que de nombreux amis de l'époque des Tournelles étaient présents, je me souviens du nom de chacun d'eux, Gilles Galud, Patrick Dalbin, Pascal Breton, Xavier de Fouchécour. Je me souviens, après avoir dansé avec Madeleine, de m'être accroupi en face d'elle, je revois très bien Madeleine, pantalon blanc, pull noir ras du cou, assise, rêveuse, sur une chaise contre le mur et moi à ses genoux pour poursuivre notre conversation. Mais peut-être une photo prise quelques années plus tard en Corse lors d'un réveillon vient-elle se superposer à ce souvenir et le brouiller quelque peu en ajoutant un chapeau pointu sur la tête de Madeleine et quelques cotillons sur mes épaules qui n'avaient rien à faire là. Je me souviens surtout que nous ne nous ne sommes pas quittés de la soirée. Comme la fête s'achevait et que tout le monde se levait et se préparait pour le départ, j'ai demandé à Madeleine la permission de la raccompagner chez elle, et elle m'a dit oui en riant en passant la main dans ses cheveux, comme si c'était évident. Fort de cette promesse délicieuse, j'ai pris mon temps pour quitter les lieux, j'ai mis mon manteau et je me suis esquivé aux toilettes (je pissais les yeux au ciel, en méditant mon bonheur, inconscient de diriger le jet à côté de la cuvette). En sortant des toilettes, j'ai encore plaisanté avec Gilles Galud (qui, m'ayant vu à l'œuvre avec Madeleine, m'a donné un petit coup de poing de connivence dans le ventre). J'ai bu un dernier verre au buffet, et, lorsque je suis arrivé en bas des escaliers, Madeleine n'était plus là. Elle ne m'avait pas attendu, elle était déjà partie, mais elle était encore en vue, elle était là, à quarante mètres de moi, j'apercevais sa silhouette au loin dans la nuit qui s'éloignait sur le trottoir sous les lueurs jaunes des réverbères de la rue de l'Estrapade. Et c'est là, que, bien des années plus tard, dans *Les Émotions*, j'ai imaginé que Jean et Anna, nos enfants pas encore nés, étaient au balcon de cette scène et qu'ils nous observaient depuis les limbes, tels deux angelots accoudés à un nuage, en se demandant, en fonction de l'issue de la scène, si, dans les années à venir, ils allaient naître ou pas. Je les voyais très bien, nos deux enfants virtuels, penchés à leur balustrade céleste, comme ces chérubins ailés de Raphaël, torse nu et joufflus, qu'on trouve au bas de la Madone Sixtine, qui suivaient avec attention les différentes étapes de mon manège autour de leur future mère. Sans doute Jean et Anna ont-ils dû penser que c'était bien mal engagé quand ils ont vu que Madeleine ne m'avait pas attendu et s'éloignait dans la rue pour rentrer chez elle. Je me suis d'ailleurs demandé par la suite ce qui serait advenu si je ne l'avais pas rattrapée ce soir-là. Ce sont souvent d'infimes moments qui sont décisifs dans notre vie, qui ne tiennent à rien — un choix, une impulsion, un hasard, un retard — et dont on perçoit rarement l'enjeu au moment où on les vit. Un rien, pourtant, à ce moment-là, peut faire basculer notre destin. Et, ce rien, ce soir-là, c'est que je me suis élancé en courant vers Madeleine dans la rue de l'Estrapade. Je l'ai rejointe, tout essoufflé — je l'ai rejointe pour la vie —, je me suis mis à marcher à côté d'elle en reprenant mon souffle, un peu gêné, en regardant par terre, et sans doute lui ai-je demandé en plaisantant si elle voulait m'épouser, si ça lui dirait de mettre en route Jean et Anna dès ce soir.

Mais, surpassant tout ce que j'aurais pu imaginer, la réalité est devenue encore bien plus romanesque dans les moments qui ont suivi. Ayant atteint la rue Soufflot, nous avons poursuivi notre promenade nocturne en nous dirigeant vers le jardin du Luxembourg. J'aurais bien proposé à Madeleine de faire un tour au clair de lune dans les allées du Luxembourg, mais les grilles du jardin étaient fermées et nous nous sommes contentés de descendre le boulevard Saint-Michel. J'éprouvais un sentiment de plénitude et de bien-être en marchant à côté de Madeleine, il y avait quelque chose de tendre, même si nous ne nous étions pas encore embrassés. Mais, par la suite, nous nous sommes tant de fois embrassés que cela pouvait bien attendre encore un moment, et je n'éprouvais aucune espèce de hâte ni même d'inquiétude sur la suite des événements. Je savais, avec une sorte de douce certitude, que tout se déroulerait de façon spontanée et fluide. Il y avait un tel naturel chez Madeleine, une telle qualité d'émotion dans les expressions de son visage, une telle simplicité dans ses gestes, dans ses sourires, que je pressentais déjà que la vie serait cristalline avec elle. Mais, ne brûlons pas les étapes, me disais-je, avant de fonder une famille, peut-être convenait-il d'échanger d'abord un premier baiser.

C'est alors, comme par enchantement, que le décor de notre premier baiser a surgi devant nous dans la nuit. Nous étions en train de descendre côte à côte le boulevard Saint-Michel quand, sur la droite, a surgi la place de la Sorbonne illuminée dans la nuit qui nous attendait. Nous avons ralenti le pas, nous nous sommes arrêtés sur la place. C'est là, avec Madeleine, que nous avons *failli* échanger notre premier baiser. Seulement *failli*, car les circonstances en ont voulu autrement. C'était il y a plus de quarante ans, mais je revois la scène parfaitement, Madeleine et moi sommes arrêtés dans la nuit place de la Sorbonne déserte, nous sommes seuls au monde, il y a une terrasse de café fermée un peu plus loin, un banc public abandonné qui baigne dans la lumière jaune orangé des réverbères. Je pose la main sur l'épaule de Madeleine, je retiens ma respiration, nous sommes très près l'un de l'autre, je m'approche doucement de sa bouche et elle me dit à voix basse : « Ne bouge pas. » Je marque un temps d'arrêt (ah, ça commence mal, me dis-je). Ne bouge pas, ajoute-t-elle en souriant, ils sont là, dans la voiture. Qui ? dis-je. Tes amis, me dit-elle, ne te retourne pas. Mes amis ? Oui, Gilles Galud, Patrick Dalbin, Pascal Breton, Xavier de Fouchécour et Anne-Do étaient là, ils étaient derrière nous, qui nous épiaient depuis une voiture garée tous feux éteints sur le boulevard Saint-Michel. Ayant quitté ensemble la soirée de Catherine dans la voiture de Breton, ils étaient tombés sur nous par hasard rue Soufflot et, curieux sans doute de me voir dans mes œuvres, ils nous avaient pris discrètement en filature. Ayant descendu la rue Soufflot derrière nous au ralenti en se maintenant à bonne distance, ils nous avaient perdus de vue un instant au carrefour Edmond-Rostand et nous avaient retrouvés boulevard Saint-Michel, où la voiture était maintenant arrêtée, tous feux éteints, au bord du trottoir. Entassés là à cinq ou six dans l'habitacle, contorsionnés dans la pénombre, ils devaient nous espionner en silence depuis les fenêtres du véhicule, observant avec intérêt la manière dont j'allais m'en sortir avec Madeleine, attendant impatiemment, j'imagine, le moment où elle allait m'éconduire, ce qui aurait suscité, à n'en pas douter, une hilarité de bossu dans l'obscurité de l'habitacle, qui se serait mis à hoqueter sur place dans la rue comme dans un dessin animé. À trois, dis-je à voix basse à Madeleine, on se retourne et on leur fonce dessus, d'accord ? Un, deux, trois — et, faisant brusquement volte-face, nous nous sommes précipités en courant vers la voiture pour les confondre.

Un quart d'heure plus tard, les intrus dispersés, nous sommes de nouveau seuls dans la nuit, Madeleine et moi, assis par terre côte à côte à l'entrée d'une pizzeria du boulevard Saint-Michel. À travers les vitres, on devine la salle de restaurant déserte derrière nous dans la pénombre. Madeleine me regarde. Je pressens que la scène va se terminer dans le silence, la douceur et la tendresse. Il y a de la gravité dans le regard de Madeleine. Je lui prends doucement la main, je me penche vers elle et j'approche mon visage de sa bouche — mais je ne vais quand même pas vous raconter ma vie.

62

Les années ont passé. Nous nous sommes mariés Madeleine et moi, nous sommes partis en Algérie, où j'ai écrit mon premier livre. En 1985, *La Salle de bain* a été publié aux Éditions de Minuit. J'ai progressivement cessé de jouer aux échecs, mais je continuais de m'intéresser au jeu, de loin, en esthète, et je ne manquais pas de suivre les championnats du monde et d'étudier à l'occasion quelque partie de grands maîtres en dilettante. Au début des années 1990 fut organisé, à Paris, au théâtre des Champs-Élysées, un tournoi d'échecs qui réunissait les meilleurs joueurs du monde. Les échecs, à ce moment-là, vivaient une sorte d'apogée qu'ils ne connaîtront plus jamais par la suite. Au grand duel des années 1970 entre Fischer et Spassky avait succédé le feuilleton des championnats du monde entre Karpov et Kasparov, et les organisateurs du Trophée Immopar avaient eu l'idée d'organiser à Paris un événement grand public, sur le modèle des grands tournois de tennis. Pour remédier à ce que les échecs pouvaient avoir de lent et de peu spectaculaire, les joueurs s'affrontaient par élimination directe en deux parties de cinquante minutes, et l'ensemble du tournoi était retransmis sur des écrans géants. Madeleine m'avait accompagné au Trophée Immopar le premier soir, et nous avions pris place au premier balcon. Le décor était grandiose, sièges bordeaux et superbe coupole de verre Art déco au plafond. Les lumières s'éteignirent dans la salle, et, dans un ballet féerique de projecteurs, un présentateur en smoking apparut dans le faisceau lumineux d'une poursuite. Le micro à la main, il appela à tour de rôle les participants du tournoi, qui sortaient des coulisses et venaient s'aligner à côté de lui sur la scène. Je détaillais leur tenue, j'observais leur visage. Il y avait là deux champions du monde, Karpov et Kasparov. Je reconnus Kortchnoï, dans son costume grisâtre (il n'avait apparemment pas changé de tenue depuis la simultanée d'Anderlecht). Un autre joueur attira particulièrement mon attention, que je n'avais encore jamais vu mais que je connaissais de réputation et que je serais amené à fréquenter dans les années suivantes. Il avait un physique spectaculaire, la tête légèrement baissée, les épaules rentrées, qui dégageait une force physique brute, avec ses cheveux longs et sa barbe blonde soyeuse qui évoquait Raspoutine : Arthur Youssoupov.

Une des premières rencontres à laquelle nous avons assisté, immédiatement décisive, opposa Kortchnoï à Viswanathan Anand. Ayant, dans le passé, disputé une partie contre Kortchnoï (et même *failli* faire nulle avec lui), je ne pouvais faire moins que le soutenir. Mais Madeleine n'avait pas les mêmes obligations affectives et elle avait pris parti pour Viswanathan Anand, jeune Indien bien plus séduisant, il est vrai, que ce vieux briscard de Kortchnoï. Le délicieux prénom improbable d'Anand — Viswanathan — nous enchantait, et j'ai toujours aimé la façon exquise dont Madeleine l'écorchait adorablement chaque fois qu'elle le prononçait. Viswanathan Anand remporta ce jour-là son duel contre Kortchnoï par deux parties à zéro. À la pause, tandis que les lumières se rallumaient dans la salle, nous avons gagné le foyer du théâtre des Champs-Élysées et, tandis que nous prenions une coupe de champagne autour d'un guéridon, je faisais remarquer à Madeleine combien cet entracte évoquait, par anticipation, les nombreux entractes que nous allions vivre ensemble à Berlin au bar de la Philharmonie dans les prochaines années. Oui, c'est vrai, me dit Madeleine, les yeux brillants, émerveillée, admirant ma prescience, alors que ce n'était que de la prolepse.

63

Quelques jours plus tard, je suis revenu tout seul au théâtre des Champs-Élysées pour assister à la finale du Trophée Immopar. Pendant l'entracte, je me suis trouvé dans le hall à moins d'un mètre d'Anatoly Karpov qui s'était mêlé à la foule des spectateurs dans un brouhaha indistinct d'exclamations et de voix. L'ancien champion du monde, cerné de curieux et d'admirateurs, se trouvait très entouré, pressé, presque acculé contre les portes vitrées du théâtre des Champs-Élysées. C'était la première fois que je le voyais de si près, et je dois avouer qu'il ne m'a pas fait grande impression. À la fois fluet et empâté, grêle et gras, son badge Immopar pendouillant à un cordon par-dessus son costume gris, il ressemblait à sa caricature d'apparatchik soviétique. Je ne me suis pas attardé, je suis allé rejoindre ma place au premier étage du théâtre. La finale opposait Timman à Kasparov. Timman, à la surprise générale, avait gagné la première partie, et la revanche s'annonçait décisive. La tension était très grande dans la salle. Depuis ma place au premier rang du balcon, je fixais les deux joueurs sur la scène, qui étaient assis en costume et cravate de chaque côté de l'échiquier. Attentif, aussi concentré que les joueurs, je me tenais penché en avant sur mon siège, les avant-bras posés sur le rebord en velours rouge. C'est alors que je remarquai, sur ma droite, dans une loge qui surplombait la scène, des yeux qui m'observaient. Je n'en fus d'abord pas complètement sûr, et je n'y fis plus attention, je continuais de suivre la partie sur la scène (Kasparov venait de jouer 24. Rg2 et d'appuyer sur la pendule), mais, lorsque je relevai les yeux vers la droite du balcon, je remarquai de nouveau, dans cette loge de velours rouge qui se perdait dans l'obscurité, deux yeux fixes qui étaient dirigés sur moi. Il faisait très sombre dans la salle, et je scrutais ces deux yeux qui m'observaient pour essayer de deviner à qui ils appartenaient, quand, d'un coup, je reconnus Gilles Andruet. Voyant que je l'avais reconnu, il me fit « coucou » à distance depuis sa loge, comme si on s'était quittés la veille.

J'avais perdu Gilles Andruet de vue depuis l'époque de la rue des Tournelles. Je savais qu'il avait été sacré champion de France d'échecs en 1988, et j'avais également entendu parler à l'occasion de ses frasques dans les tournois. Plusieurs fois, des incidents auxquels il avait été mêlé avaient été relatés dans les journaux, où des joueurs, perdant patience, l'avaient pris à partie. Mais l'incident le plus grave, dont même la radio nationale avait fait état, s'était déroulé pendant le championnat de France 1989, à Épinal, où, après un incident du même ordre à la fin d'une partie, Gilles Andruet avait carrément été frappé par son adversaire. On avait dû séparer les belligérants, Andruet était en sang parmi les pièces éparpillées, l'arcade sourcilière ouverte, mais, l'agresseur n'ayant pas été sanctionné, ou pas suffisamment à son goût, il avait fait ses valises et avait abandonné le tournoi. C'est à ce moment-là qu'il s'était plus ou moins détourné définitivement du monde des échecs, comme s'il n'avait plus rien à prouver en la matière, ayant déjà été sacré une première fois champion de France.

À la fin de la rencontre, nous nous sommes retrouvés au bas des escaliers du théâtre des Champs-Élysées. Gilles Andruet était pressé. Non, il n'avait pas le temps de prendre un verre avec moi, il était sur le départ pour aller jouer au black-jack au casino de Deauville, deux heures et demie de route, une paille. Il avait troqué sa veste de surplus américain pour une tenue plus conforme aux salles de jeu qu'il fréquentait désormais, chemise unie et veste en velours noir. Il devait me parler. Il me prit le bras et se mit en route avec moi dans le grand hall de marbre du théâtre des Champs-Élysées, m'entraînant dans une ronde déambulatoire comme aux temps lointains de nos promenades monastiques dans la bibliothèque de Beaubourg. Nous nous frayions un chemin dans la foule qui quittait le théâtre, et il m'expliquait à voix basse, sur le ton de la confidence, qu'il avait une mission à me confier, qu'il avait besoin de mon aide, rien de compliqué, il avait mis au point une martingale au black-jack, et il s'agissait, avec d'autres « barons », de l'aider à compter les cartes, en toute légalité, bien sûr, c'était plus ou moins fondé sur la méthode de comptage des cartes de Ken Uston, je ne sais pas si tu as entendu parler, mais améliorée à ma sauce, rien de bien sorcier. C'est très bien rémunéré, tu verras. Je t'expliquerai ça en détail la prochaine fois, me dit-il, là, je n'ai vraiment pas le temps, et nous avons échangé nos numéros de téléphone tandis que nous passions la porte vitrée du théâtre et que nous débouchions à l'air libre sur le trottoir (on n'était pas depuis deux minutes avec lui qu'on était déjà dans un roman).

Une pluie fine s'était mise à tomber sur Paris, la foule se dispersait devant le théâtre des Champs-Élysées.

— Tu veux venir avec moi à Deauville ? me dit-il.

Je lui dis que non, pas ce soir.

Nous nous sommes serré la main et il a pris congé, je l'ai regardé s'éloigner sous la pluie sur le trottoir de l'avenue Montaigne, on devinait des miroitements de lumière au loin dans la nuit.

Quelques minutes plus tard, précédé d'un halo mobile de phares blancs qui illuminaient les façades des immeubles de l'avenue Montaigne, il repassa devant le théâtre des Champs-Élysées au volant d'une voiture de sport. Il s'arrêta à ma hauteur, descendit la vitre, se pencha sur son siège et me fit un signe à travers la vitre ouverte, avant de démarrer en trombe.

C'est la dernière fois que je l'ai vu.

64

J'ai appris la mort de Gilles Andruet quatre ans plus tard.

J'étais en Corse, et je suis tombé sur un titre du *Monde* qui a attiré mon attention, *Les folles diagonales de Gilles Andruet.*

Je n'ai pas compris tout de suite. Dans un premier

temps, j'étais même heureux de retrouver le nom de Gilles Andruet dans le journal, je me réjouissais de lire un grand article qui lui était consacré.

J'ai commencé à lire l'article sur la terrasse de la maison de Barcaggio, et j'ai ressenti soudain quelque chose de très froid dans le dos, mes mâchoires se sont figées.

Je continuais à lire, les yeux fixes, le journal dans les mains, peinant à avaler ma salive.

L'article annonçait que Gilles Andruet avait été assassiné.

Il avait été battu à mort, à coups de batte de base-ball. On avait retrouvé son corps au bord d'une rivière, enveloppé dans une alaise, un de ses bras dépassant d'un sac en plastique.

Il avait trente-sept ans.

Par la suite, au fil des années, j'ai continué de lire dans les journaux les articles consacrés à « l'affaire Andruet ». J'ai suivi de loin les multiples procès de ses présumés assassins, les derniers acquittements.

Mais peu m'importe le reste, la bassesse et le sordide.

Ce n'est qu'aujourd'hui, vingt-cinq ans après sa mort, que je me suis enfin décidé à écrire sur lui. J'y avais souvent songé auparavant, mais l'heure n'était pas venue. Il y avait pourtant là « un sujet » pour l'écrivain que je suis. Mais c'est peut-être précisément le fait qu'il y ait un sujet qui m'arrêtait, et si, aujourd'hui, je me décide enfin à écrire sur Gilles Andruet, c'est en évitant soigneusement le sujet évident que pourraient constituer les circonstances de sa mort.

Je ne veux pas parler de ça — je n'en parlerai pas.

Je ne veux dire de Gilles que la trace vivante qu'il a laissée dans ma mémoire.

Je ne bougeais pas, la nuit était tombée sur la terrasse de la maison de Barcaggio. Le journal à la main, j'observais le glissement fugitif d'ombres en mouvement sur le sol de la terrasse, lentes et paresseuses, venant du feuillage du tamaris ou de plus loin encore, des abysses du passé. Je regardais le ciel de septembre devant moi dans l'obscurité, et je pensais à Gilles Andruet qui avait traversé ma vie comme une météorite dans la nuit, laissant une trace impérissable de son sillage dans le ciel aboli de ma jeunesse.

TEXTES CITÉS
Pages 19-20 et 190-191 : Federico Fellini,
Fellini par Fellini. Entretiens avec Giovanni Grazzini,
trad. Nino Frank, Calmann-Lévy, 1984 (édition originale italienne
publiée par Gius. Laterza & Figli S.p.A., 1983).

DU MÊME AUTEUR

☆*m*

LA SALLE DE BAIN, *roman*, 1985 («double», n° 32)
MONSIEUR, *roman*, 1986
L'APPAREIL-PHOTO, *roman*, 1989 («double», n° 45)
LA RÉTICENCE, *roman*, 1991
LA TÉLÉVISION, *roman*, 1997 («double», n° 19)
AUTOPORTRAIT (À L'ÉTRANGER), 2000 («double», n° 78)
LA MÉLANCOLIE DE ZIDANE, 2006
L'URGENCE ET LA PATIENCE, 2012 («double», n° 104)
FOOTBALL, 2015
MADE IN CHINA, 2017
LA CLÉ USB, *roman*, 2019
LES ÉMOTIONS, *roman*, 2020
LA DISPARITION DU PAYSAGE, 2021
L'INSTANT PRÉCIS OÙ MONET ENTRE DANS L'ATELIER, 2022
ÉCHECS de Stefan Zweig, *traduction*, 2023

MARIE MADELEINE MARGUERITE DE MONTALTE

I. FAIRE L'AMOUR, *hiver*; 2002 («double», n° 61)
II. FUIR, *été*; 2005 («double», n° 62)
III. LA VÉRITÉ SUR MARIE, *printemps-été*; 2009 («double», n° 92)
IV. NUE, *automne-hiver*; 2013 («double», n° 107)

M.M.M.M., 2017

Aux Éditions Le Passage

LA MAIN ET LE REGARD, 2012, à l'occasion de l'exposition
LIVRE/LOUVRE au musée du Louvre

CET OUVRAGE A ÉTÉ ACHEVÉ D'IMPRIMER LE SEIZE OCTOBRE DEUX MILLE VINGT-TROIS DANS LES ATELIERS DE NORMANDIE ROTO IMPRESSION S.A.S À LONRAI (61250) (FRANCE)
N° D'ÉDITEUR : 7305
N° D'IMPRIMEUR : 2304479

ISBN : 978-2-7073-4885-2
Dépôt légal : octobre 2023